WENN EIN LIGER SICH BINDET

Lion's Pride, Band 10

EVE LANGLAIS

EVELANGLAIS.COM

Englischer Originaltitel: »When A Liger Mates (A Lion's Pride Book 10)«
Deutsche Übersetzung: Birga Weisert für Daniela Mansfield Translations 2021

Titelbild entworfen von: Yocla Designs ©2020
Herausgegeben von: Eve Langlais www.EveLanglais.com

eBook ISBN: 978-1-77384-211-0
Taschenbuch ISBN: 978-1-77384-212-7

Besuchen Sie Eve im Netz!
www.evelanglais.com

Kapitel Eins

Dicke Finger, die mit klobigen Ringen geschmückt waren, streichelten das Fell der riesigen Katze, die an seiner Seite angeleint war. Guillaume Champignon hatte besondere Hobbys. Große und seltene wilde Tiere zu sammeln – und sie zu dressieren, ihm zu gehorchen – war eines davon.

»Sind wir bereit für die Jagd?«, fragte Guillaume die Frau, die vor seinem Schreibtisch stand. Ihr Haar war gerade geschnitten und hatte graue Strähnen.

Tracey hielt ein Tablet hoch und fuhr mit dem Finger darüber, wobei das Licht des Bildschirms ihr Gesicht erleuchtete. »Alles ist bereit für die Veranstaltung heute Abend.«

»Haben wir genügend Beutetiere?« Er ließ seine Finger auf dem Kopf der Großkatze verharren. Sie war erstarrt. Er gab keinen Laut von sich und doch hätte er schwören können, dass der Liger vibrierte. Er sollte besser nicht ohne Erlaubnis knurren. Sein Zwingermeister hatte ihm versichert, dass das Tier recht zahm wäre.

»Wir haben mehr als genug und noch zwei übrig.«

»Gut.« Es gab nichts Schlimmeres, als wenn ein Kunde seine Jagd unzufrieden beendete, weil er nichts erlegt hatte.

»Ich zahle doch nicht, um mit leeren Händen abzuhauen«, hatte einmal einer von Guillaumes freigiebigen Kunden ausgerufen. Die, die für das Privileg zahlten, erwarteten auch, mit einer Trophäe nach Hause zurückzukehren.

Außerdem waren sie nicht besonders wählerisch, wenn es darum ging, worauf sie schossen. Der Unfall bei seiner letzten Jagd hatte ihn einen Großteil seines Profits gekostet, weil er ihn vertuschen lassen musste.

Irgendwie war eine Frau auf das abgesicherte Grundstück gewandert. Sie streifte in einer Nacht, in der die Jäger losgelassen wurden, durch die Wälder. Es war ein logischer Fehler. Die Jäger trugen alle Kleidung in Neonfarben, während die Frau anscheinend nackt, wie Gott sie geschaffen hatte, unterwegs war.

Die Kugel durchbohrte ihren Bauch und sie lebte zwar noch, als seine Wächter zu ihr gelangten, aber es stellte sich als tödliche Wunde heraus. Ihre Leiche wurde in den nahe gelegenen Fluss geworfen.

Jetzt hatten sie sich nur noch um den Kunden kümmern müssen, der sie erschossen hatte. Beim Durchsehen des Filmmaterials, auf dem Jäger und Beute festgehalten wurden, konnten sie sehen, wer sich kurz vor der Tötung in diesem Sektor aufgehalten hatte.

Bernard, ein unbedeutender Kunde, hatte seine Unschuld beteuert. Er hatte versucht, sie davon zu überzeugen, dass er eine Löwin erschossen hatte, aber ihre Aufzeichnungen zeigten, dass sich niemand in seiner Nähe befand. Es kostete Bernard eine hohe Summe, seinen Fehler geheim zu halten. Und selbst nachdem er bezahlt hatte, ließ Guillaume ihn als Exempel für alle anderen, die seine Operation gefährden wollten, ausschalten.

Das Merkwürdige an dem ganzen Schlamassel war, dass sie im Wald auf ein weggeworfenes Fährtenarmband stießen – in der Tat für eine Löwin, eine Katze, die spurlos verschwunden war.

»Ich habe gehört, dass diesmal ein paar Löwinnen dabei sind«, bemerkte Guillaume. Sogar ziemlich viele, wenn man bedachte, dass sie sonst hauptsächlich Bären und Wölfe fingen.

»Drei Stück, sie wurden alle letzte Nacht gefangen.«

»Wurde ein weiterer illegaler Zoo überfallen?« Tiere für die Jagd waren nicht leicht zu bekommen. Entweder wilderten sie sie illegal oder kauften sie von einem Sammler, der seine Herde ausdünnte.

»Privater Eigentümer. Er behauptete, er baue um und müsse sie loswerden.« Tracey ließ den Arm sinken, an dessen Ende das Tablet quasi festgewachsen war.

»Sein Verlust ist unser Gewinn.« Ein Geräusch in

der Ferne weckte seine Aufmerksamkeit. Guillaume spitzte die Ohren. »Hast du das gehört?«

Tracey drehte sich um und blickte über ihre Schulter. »Sind das Schüsse?«

Guillaume nahm seine Hand von dem gesträubten Fell der Großkatze. Er stemmte sie auf den Tisch und fragte seine Assistentin über die Gegensprechanlage: »Cirine, was geht da vor sich?«

Doch seine Sekretärin, die normalerweise äußerst effizient war, antwortete nicht.

Das Geräusch der Schüsse verstummte und stattdessen hörte man jetzt ein Brüllen.

Gefolgt von einem Fauchen, das einem das Blut in den Adern gefrieren ließ.

Und dann noch ein Knurren.

Was zum Teufel war da los?

Knurr.

War das etwa ein Wolf? In seinem Haus?

Es klang, als wären alle Tiere in seiner Menagerie ausgebrochen. Unwahrscheinlich, und doch beugte er sich vor, um die Schublade seines Schreibtisches zu öffnen. Er griff nach ...

Nichts. Er starrte den leeren Platz in seiner Schublade an. Keine Waffe.

Da war ein plötzliches Stakkato von Schüssen, dann ein dumpfer Schrei, gefolgt von einem Brüllen, dann nichts mehr.

Mit weit aufgerissenen Augen drückte Tracey ihr Tablet fest an sich und wich zurück, bis sie mit dem Rücken zur Wand stand, die am weitesten von der

Tür entfernt war. Sie schien auf die Tür fixiert zu sein.

Der Drang war verständlich. Auch Guillaume starrte sie an. Hielt seinen Atem an, weil es dahinter so still war.

Was ging da vor sich?

Eine Bewegung von Fell und Muskeln lenkte seine Aufmerksamkeit auf die Katze an seiner Seite, die er ganz vergessen hatte. Es war eine riesige Bestie. Teils Löwe, teils Tiger. Ein Liger, wie man diese Art von Hybriden nannte. Und schon so zahm.

Er wurde ihm erst vor einem Tag als Geschenk geschickt. Er war erstaunt darüber, wie gut er Befehlen gehorchte, auch wenn er verachtete, wie sanftmütig die Kreatur war.

Sie wirkte im Moment jedoch alles andere als unterwürfig. Sie saß auf ihren Hinterbeinen, und Guillaume hätte schwören können, dass sie lächelte.

Sie zwinkerte ihm definitiv zu.

Guillaume fiel es schwer, das Zittern in seinen Muskeln zu kontrollieren, als die Kreatur aufstand und sich streckte. Dann war es plötzlich kein Liger mehr, sondern ein großer Mann mit zotteligem Haar. Ein nackter Mann.

»Wer bist du?«, rief Guillaume aus.

»Nenne mich einfach Law. Ich bin der Cousin der jungen Dame, die du umzubringen versucht hast.«

»Ich habe keine Ahnung, wovon du sprichst«, sprudelte Guillaume hervor. Was geschah hier? Wie konnte dieser Mann der Liger sein, den er noch vor wenigen Minuten gestreichelt hatte? Schweiß lief ihm die Schläfe herunter und tropfte ihm von der Wange.

»Ich weiß, was du hier machst.« Der Mann, der sich selbst Law nannte, trat vor.

»Es ist mir egal, was du zu wissen glaubst. Das ist unerlaubtes Betreten. Meine Wachen werden dich erschießen, wenn ich es ihnen befehle.«

»Was denn für Wachen?« Law ging einen Schritt vorwärts, sein Blick intensiv und tödlich. »Lass uns ein Spiel spielen, Guillaume. Ein Spiel mit Jäger und Gejagtem. Und jetzt rate mal, welcher von beiden du sein wirst.«

»Aber du bist kein Mensch. Das ist nicht fair«, stotterte Guillaume.

»Willst du damit etwa behaupten, dass dieses Abschlachten, das du hier organisierst, fair ist?« Law lächelte. Guillaumes Blase zog sich zusammen. »Es ist schon scheiße, wenn der Tag kommt, an dem man alles zurückbekommt. Bist du bereit, um dein Leben zu laufen?« Der blonde Riese rollte den Kopf und ließ sein Rückgrat krachen. Er straffte die Schultern.

»Das kannst du nicht tun.« Guillaume fing an zu hyperventilieren.

Law stand einfach nur da. »Fünf, vier, drei …«

Der Countdown spornte Guillaume zum Handeln an. Er lief zur Terrassentür, die auf den Balkon führte. Sicherlich war jemand im Dienst, der den Eindringling erschießen konnte.

Als er auf die Terrasse kam, stolzierten drei Löwen

in Sichtweite. Sie waren groß. Hellbraun. Und sie starrten auf seinen saftigen Hintern.

»Verdammte Scheiße!«, keuchte er.

Aber erst, als sie sich verwandelten, und zwar auf eine Art, die sein Verstand einfach nicht verarbeiten konnte, und als nackte Frauen vor ihm standen, machte er sich in die Hose.

Eine Stunde später vor dem knisternden Feuer des in Flammen stehenden Jagdhauses

»Ich hasse es, wenn sie sich anpinkeln.« Es war seine Tante Lenore, die sich darüber beschwerte. »Dann ist es viel zu einfach, ihnen zu folgen. Und es macht viel weniger Spaß.«

»Mal ganz abgesehen davon, wer will sie noch anrühren, nachdem sie in ihrer eigenen Pisse gesessen haben«, erklärte Tante Lacey, die bereits ihren einteiligen Hosenanzug angezogen hatte.

Lawrence trug nur eine Hose und sonst nicht viel, während er dabei zusah, wie das Jagdhaus abbrannte. Es würde keine Jagd mehr geben, zumindest nicht hier, aber Wilderer zu überführen blieb auch weiterhin ein Ganztagsjob.

Tante Lena, die von seiner Cousine Miriam – die, die angeschossen und in den Fluss geworfen worden war – sehr angetan war, stellte sich neben ihn. »Miri wird ziemlich sauer sein, dass wir uns ohne sie darum gekümmert haben.«

»Wir konnten nicht länger warten und sie braucht noch Zeit, um wieder ganz gesund zu werden.« Denn seine Cousine wäre fast gestorben. Die Tatsache, dass sie eine Löwengestaltwandlerin ist, sorgt zwar dafür, dass sie sehr stark ist, aber trotzdem brauchte sie bei schweren Verletzungen genügend Zeit, bis alles wieder verheilt war.

»Ich habe Hunger«, bemerkte Lenore. »Her mit dem Fleisch.«

»Ich weiß, wo wir das bekommen«, erklärte Lacey.

»Gibt es dort nur falsches Fleisch?«, fragte Lena mit gerunzelter Stirn. »Ich möchte nicht dieses merkwürdige vegane Zeug.«

»Merkwürdig. Man entscheidet sich damit eben nur dazu, keine entfernten Familienmitglieder zu verspeisen.«

»Ich bin nicht mit Kühen verwandt. Und selbst wenn ich es wäre, würde ich sie immer noch essen, weil sie so lecker schmecken.« Es war eine absichtliche Stichelei.

»Du Bestie.« Lacey schürzte die Lippen und Lena machte sich zum Kampf bereit.

Das geschah viel zu häufig. Er trat zwischen seine Tanten.

»Also bitte, die Damen«, schalt er sie.

Tante Lena schob ihn beiseite. »Du brauchst dich nicht einzumischen, Kleiner.«

Kleiner.

Sie behandelten ihn immer noch wie ein kleines Kind. »Ich bin ein erwachsener Mann«, erklärte er.

»Tatsächlich? Das würde man gar nicht glauben, wenn man bedenkt, wie oft du immer noch in Schwierigkeiten gerätst«, erklärte Lenore sachlich.

»Ich weiß gar nicht, was du meinst«, regte er sich auf.

»Ähem.« Tante Lacey räusperte sich. »Zum Beispiel dieser Vorfall mit den Russen.«

»Den haben wir ohne Probleme wieder in Ordnung gebracht.«

»Aber nur zufällig. Und was war mit dem Problem an der kanadischen Grenze vor ein paar Monaten?« Tante Lenore hatte ein Gedächtnis, das dafür sorgte, dass sie sich an alles erinnern konnte, was er jemals falsch gemacht hatte.

»Das war ein Missverständnis.« Anscheinend war es keine gute Idee, im Verhörraum Sex zu haben.

»Du brauchst einen Wärter«, erklärte Tante Lacey.

»Ich mache es nicht«, meldete sich Tante Lenore zu Wort. »Bitte nimm es mir nicht übel, denn du bist wie ein Sohn für mich, aber es ist langsam an der Zeit, dass jemand anderes diese Aufgabe übernimmt.«

»Ich brauche keinen Wärter. Ich bin fünfunddreißig Jahre alt. Ich bin ein respektiertes Mitglied des Rudels.«

»Und es ist langsam mal an der Zeit, dass du dich niederlässt und häuslich wirst«, erklärte Lacey vorwitzig.

»Keine von euch hat das je getan«, erinnerte er sie.

»Weil ich nie jemanden brauchte, der sich um mich kümmert«, erklärte Lena.

»Das stimmt nicht ganz«, beschwerte Lenore sich. »Ich war schon mal verheiratet.«

»Dreimal sogar. Das wissen wir«, warfen seine beiden anderen Tanten ein und verdrehten dabei die Augen. Was einen weiteren Streit ausgelöst hätte, wenn ihre Handys nicht alle gleichzeitig geklingelt hätten.

»Er schon wieder«, murmelte Lenore.

»Für jemanden, der eigentlich nie heiraten wollte, ist er jetzt ganz schön beharrlich«, entgegnete Lena ein wenig arrogant.

»Ich finde es süß«, erklärte Lacey.

»Oh, bitte. Das liegt nur daran, dass er spitz wie Nachbars Lumpi ist.« Tante Lena wackelte mit dem Finger. »Ich habe gehört, dass die kleine Tigranov nicht mit ihm schläft, bis sie verheiratet sind.«

»Aber nur, weil Oma ihm gedroht hat, ihm die Eier abzureißen, falls Dean sie auch nur anrührt, bevor ihre Verbindung offiziell ist«, erzählte Lacey ihnen in einem theatralischen Flüstern, das wahrscheinlich jeder im Umkreis von einem Kilometer hören konnte.

Das stimmte alles. Lawrence musste seinem besten Freund regelmäßig zuhören, wie er sich über seinen sexuellen Frust beschwerte.

»Ich hätte nie gedacht, dass Tiger so auf Anstand bedacht sein können«, bemerkte Lenore kopfschüttelnd. »Damals, als ich jung war ...«

»Trugen Frauen Steghosen und fanden sie sexy«, schnaubte Lena.

»Gar nicht lustig. Ich weiß noch, dass du auftoupierte Haare hattest.« Dieser kleine Seitenhieb ging mit einer hochgezogenen Augenbraue von Lenore einher.

»Aber immerhin hatte ich genug gesunden Menschenverstand, um keine neonfarbenen Bikershorts anzuziehen«, erklärte Lena und hob ein wenig das Kinn.

Als die Situation auf einen weiteren Kampf zusteuerte, mischte Lawrence sich ein, der nicht besonders gut darin war, Streit zu schlichten: »Okay, Babyboomers.«

Das hätte ihn fast eines seiner neun Leben gekostet. Zum Glück liebten ihn die Tanten, und sie schafften es alle pünktlich zur Hochzeit und sahen, wie der eingefleischte Junggeselle Neville Dean Horatio Fitzpatrick heiratete. Sein bester Freund hatte beschlossen, sich an eine Frau zu binden – und zwar lebenslang.

Ungeachtet dessen, was die Verheirateten und andere sagten, schreckte Lawrence davor zurück. Er hielt nicht einmal sechs Tage in einer Beziehung aus. Wie zum Teufel sollte er für die Ewigkeit durchhalten? Er wusste aus erster Hand, wie die ganze Verabredungs-Sache funktionierte; die erste Verabredung war immer die beste, manchmal konnte er eine anständige zweite Verabredung hinkriegen. Ab der dritten ging es dann nur noch bergab.

Am besten war es, die Dinge kurz und schmerzlos zu halten. Er plante, für immer Single zu bleiben. Aber das bedeutete nicht, dass er die Gesellschaft von Frauen nicht genoss.

Und Hochzeiten waren ein großartiger Ort, um jemanden zum Flachlegen zu finden.

Die Zeremonie war Gott sei Dank langweilig, da die Großmutter irgend so einen Bischof bestochen hatte, das Brautpaar zu verheiraten. Anscheinend war es eine Prestigesache. Es bedeutete, an Ort und Stelle zu stehen oder zu knien, nur selten zu sitzen, und es wurde gesungen. Sehr viel sogar.

Als Trauzeuge ertrug Lawrence das alles. Positiv zu vermerken war, dass die Braut diesmal nicht versucht hatte, ihn zu töten. Eine lange Geschichte und der Hauptgrund, warum Dean und Natasha zusammengekommen waren.

Der Empfang nach der Hochzeit bot ein riesiges Buffet, eine Liveband und einen Haufen Gäste, von denen viele tanzten und sich im Rhythmus der Musik bewegten. Sie konnten einem guten Rhythmus nicht widerstehen.

Viele von ihnen kannte er bereits. Cousine. Cousine. Cousine zweiten Grades – was immer noch als Familie zählte, wenn es um außerplanmäßige Schlafzimmeraktivitäten ging. Seine Tanten. Deans Tanten. Dann waren da noch die, von denen er wusste, dass er sich ihnen nicht nähern sollte. Tochter eines russischen Gangsters. Ehefrau. Noch mehr Ehefrauen.

Ein paar Großmütter, die ihn anlächelten. Die Aussichten schienen eher schlecht.

Und dann tauchte sie auf.

Niedlich wie ein Streifenhörnchen, ihr Haar zu einem Pferdeschwanz gebunden, die Brille mit dunklem Rahmen und rechteckig. Ihre Kurven waren genau richtig. Ihre menschliche Ausstrahlung offensichtlich, als sie über ihre eigenen Füße stolperte und hinfiel.

Kapitel Zwei

Das Tablett rutschte Charlotte fast aus den Händen, als die Tür zur Küche aufschwang und sie sich schnell zur Seite lehnen musste. Das Tablett, bestückt mit einer doppelten Lage in Speck gewickelter Garnelen und Jakobsmuscheln, neigte sich leicht, aber keine der Vorspeisen fiel auf den Boden. Es gelang ihr, sich ohne Missgeschick aufzurichten, und sie seufzte erleichtert auf. Katastrophe abgewendet.

Normalerweise blieb sie beim Geschirrspülen, weil sie bekanntermaßen ungeschickt war, aber im Restaurant fehlte Personal und sie passte in die Uniform, die aus einer schwarzen Hose und einer weißen Bluse bestand. Ob ungeschickt oder nicht, man wollte, dass sie das Essen servierte.

Das Tablett war relativ leicht zu halten, mal abgesehen von der Tatsache, dass es sich als unhandlicher als erwartet erwies. Aber andere Leute taten es die ganze Zeit. Mit etwas Übung würde sie besser werden. Sie hatte alle möglichen neuen Fähigkeiten erlernt, seit sie einen anständig bezahlten Job in einer Marketingfirma aufgegeben hatte, um nach Russland zu kommen. Da sie die Sprache nicht sprach, waren ihre Arbeitsmöglichkeiten begrenzt. Gegenwärtig hatte sie zwei Jobs, einen zum Überleben, den anderen zum Sparen, damit sie nach Hause zurückkehren konnte.

Ihr Job heute Abend beinhaltete ein Catering für einen Hochzeitsempfang, der in einem Hotel stattfand, in dem einige der bezauberndsten Menschen, die Charlotte je gesehen hatte, zu Gast waren. Große, muskulöse Männer, athletische Frauen, anmutig auf eine Art und Weise, die sie nur ihrer eigenen Unzulänglichkeiten bewusst machte, denn sie war ziemlich klein, fast einen ganzen Kopf kleiner als die meisten von ihnen.

Wenn jemand sie noch einmal als »Spaßgröße« bezeichnete, würde sie demjenigen den größten Vorteil ihrer geringen Größe zeigen. In der Vergangenheit hatte sie schon einige Typen zu Fall gebracht, weil sie dachten, sie könnten frech zu ihr sein.

Aber was war mit den älteren Frauen, die ihr den Kopf tätschelten und sie fragten, ob sie nicht im Bett sein sollte? Es schien falsch, sie zu schlagen, aber trotzdem! So jung sah sie doch gar nicht aus.

»Willst du vielleicht den ganzen Abend da rumstehen? Nun serviere schon das Essen«, bellte Viktor, der Küchenchef.

»Ja, Sir«, erwiderte sie schnittig. Sie würde das

schon schaffen. *Lass es nur nicht fallen.* Das war nicht schwer.

Charlotte straffte die Schultern, hielt das Tablett fest, stieß mit der Hüfte die Tür auf und wurde von einer heftigen Geräuschkulisse empfangen. Als sie das letzte Mal hier draußen war und frisches Brot in die Körbchen auf den Tischen verteilt hatte, waren noch nicht viele Leute da gewesen. Nur ein Bruchteil der Gäste, die sich jetzt hier befanden.

Der Raum quoll über vor Leben. Die hoch aufragenden Gäste bewegten sich mit einer Anmut, die sie dazu veranlasste, in der Nähe der Tür zu zögern. Gerade war sie noch selbstbewusst gewesen, doch jetzt kam sie sich unbeholfen vor. Sie stolperte über ihre eigenen Füße und fiel nach vorn, weil sie noch immer das Tablett vor sich hielt. So viele Speisen, die verschwendet würden. *Ich hoffe nur, dass ich das nicht bezahlen muss.*

Sie machte die Augen zu, bevor sie auf den Boden aufschlug, nur um erschrocken zusammenzufahren, als sie mit dem Oberkörper gegen etwas Hartes stieß. Ein Arm legte sich um ihre Hüfte und hielt sie fest, und irgendjemand nahm ihr das Tablett aus der Hand. Zumindest war es nicht auf den Boden gekracht.

Vorsichtig machte sie ein Auge auf und blinzelte dann mit beiden, als sie einen Mann sah, der in einer Hand ihr Tablett balancierte. Der Fremde kniete und sein Oberschenkel diente ihr als Kissen, während ein anderer Arm – der, der sie davon abgehalten hatte, auf dem Gesicht zu landen – weiter um ihre Taille lag. Der helle Wahnsinn. Dieser Typ hatte Reflexe wie ein Superheld.

»So wie Superman, hoffe ich doch«, antwortete er mit tiefer, rauer Stimme. »Der sah in dieser engen Hose immer gut aus. Aber ich muss zugeben, dass dieser Cavill als Hexer sogar noch besser aussah.«

Oh mein Gott, hatte sie das etwa laut ausgesprochen und er hatte das gehört? Ihre Wangen wurden ganz rot, als sie murmelte: »Ich habe mich nur bedankt.«

»Wenn das so ist, gern geschehen.« Sein Lächeln war einfach zu perfekt. Er war einfach zu ... zu viel von allem.

Charlotte stieß sich ein wenig von ihrem Retter ab und richtete sich auf. »Danke, dass du mir geholfen hast, nicht hinzufallen.«

Auch er stand nun auf und sah sie an, wobei er in einer Hand immer noch das Tablett hielt. Wie schaffte er das bloß? Sie war sich sicher, dass es ihr selbst nicht mal eine Sekunde lang gelänge, bevor das Tablett auf dem Boden landete.

»Die Freude ist ganz meinerseits«, schnurrte er geradezu.

Doch sie ging gar nicht auf seinen Flirtversuch ein. Stattdessen streckte sie die Hände aus. »Das werde ich jetzt wieder nehmen.«

»Was, wenn ich es haben möchte?«

»Das geht nicht. Das ist für alle«, erklärte sie und gestikulierte ungeduldig mit den Fingern, dass er ihr das Tablett zurückgeben sollte.

»Aber ich teile nicht gern und ich bin ein richtiges Schleckermäulchen.« Er zwinkerte ihr zu und warf sich eines der Appetithäppchen in den Mund.

»Funktioniert dieser blöde Spruch bei irgendwem?« Ihr wurde voller Entsetzen klar, dass sie schon wieder laut gesprochen hatte. Sie schob es auf ihre Erschöpfung. Sie war so verdammt müde. Und sie musste noch mindestens vier Stunden arbeiten. Sie würde dringend etwas Koffein benötigen. Und dann hoffentlich keinen Unfall bauen, bevor sie zu Hause ankam.

»Denkst du etwa, ich würde mit dir flirten?«, fragte er flirtend.

Sie ignorierte seinen Charme. »Gib mir das Tablett.«

»Sag Bitte.«

Sie betrachtete sein Grinsen. Die Art und Weise, wie er versuchte, sie zu manipulieren, um das zu bekommen, was er wollte. Heute nicht, Satan. »Wenn du möchtest, behalte das Tablett. Ich hole einfach ein weiteres.«

»Warte.«

Sie hatte ihm bereits den Rücken zugekehrt und zu ihrem Glück wurde ihr Missgeschick bemerkt. Während der Souschef sie rügte, wurde jemand gefunden, der ihren Platz einnehmen konnte, und sie wurde wieder zum Geschirrspülen beordert. Sie verließ die Küche einige Stunden lang nicht und hatte kaum Zeit zum Durchatmen, da es mittlerweile hoch herging. Das Essen wurde in einer Tour gekocht und serviert.

Das Geschirr wurde schnell gebracht und wieder benötigt. Sie schrubbte, um Schritt zu halten, und begnügte sich mit der monotonen Arbeit, die sie aus dem Effeff beherrschte.

Sie hatte fast genügend Geld für ein Flugticket nach Hause beisammen und zumindest drei Monatsmieten. Ihr Problem war, dass sie keinen Ort hatte, an den sie zurückkehren konnte, und sollte sie überhaupt weggehen? Sie hatte ihren Bruder noch nicht gefunden.

Wo bist du, Peter? Sie hatte noch keine Spur von ihm gefunden. Nur eine kleine Wohnung, die sie bei ihrer Suche übernommen hatte. Fünf Monate vergeblicher Suche.

Es tat weh, darüber nachzudenken, aber selbst sie musste zugeben, dass es für sie an der Zeit war aufzugeben.

Als der Abend ausklang, wurde die Party nur noch lebhafter. Die Musik lieferte einen hämmernden Bass, der ihr einen Rhythmus vorgab, an den sie sich gewöhnt hatte. Selbst mit den Gummihandschuhen verschrumpelten ihre Hände von der Feuchtigkeit. Ihre Haut fühlte sich nass an, oder vielleicht war es auch Schweiß. Eine Küche war kein Ort, um sich abzukühlen.

Gegen Mitternacht wurde sie zur Pause geschickt. Dreißig Minuten ganz für sich allein, und sie wusste, wie sie die Zeit verbringen wollte. Draußen, jedoch nicht, weil sie rauchte. Da der Winter hier sehr kalt war, nahm sie sich einen Moment Zeit, um in ihre

Stiefel zu schlüpfen, die zwar nicht gerade modisch, aber warm und wasserdicht waren. Sie steckte ihre Hose hinein und zog dann einen Pullover und eine Jacke an. Ein Schal war das Letzte, was sie sich um den Kopf wickelte, bevor sie, die bloßen Hände in die Taschen gesteckt, nach draußen ging. Entweder hatte sie es seit ihrer Ankunft geschafft, ihre Handschuhe zu verlieren, oder jemand hatte sie sich *ausgeliehen*.

Sie verließ die Küche und trat in die Gasse, ängstlich darauf bedacht, aus dem Dampf und den Gerüchen heraus und an die frische Luft zu kommen. Zuerst musste sie der Wolke aus Zigaretten- und Marihuanarauch entkommen, die am Ausgang hing. Sie schüttelte den Kopf, als jemand ihr einen Joint reichte.

Keine Drogen. Kein Alkohol. Kein gar nichts. Manche würden sie vielleicht als langweilig bezeichnen. Sie hätten recht. Sie hatte ihre Partyjahre schon hinter sich und sie hatte nicht vor, das noch einmal zu durchleben.

Als sie dem Rauch entkommen war, fand sie sich in einem Sammelsurium von Müll wieder, der Container war überfüllt mit Säcken und Unrat. Ein ziemlich unschöner Geruch ging davon aus, obwohl es so kalt war. Sie wollte sich den Gestank im Sommer nicht einmal vorstellen.

Sie war also immer noch nicht wirklich an der frischen Luft, aber sie beabsichtigte, sie zu finden. Sich ein ruhiges Plätzchen zu suchen, um sich einfach zu entspannen. Mit dem Kinn in den Kragen ihres Mantels geduckt ging sie zielstrebig in Richtung der

Straße hinter dem Empfangsgebäude. Wenn sie sich richtig erinnerte, war es eine ruhige Straße, da die Geschäfte abends geschlossen waren.

In dem Moment, in dem sie aus der Gasse herauskam, blickte sie sich um. Da sie nicht nur eine Frau, sondern auch jemand war, der sich weit weg von zu Hause aufhielt, musste sie besonders wachsam sein.

Die Straße war in beide Richtungen leer.

Endlich war sie allein. Die Spannung in ihren Schultern ließ nach, als sie sich gegen den kalten Ziegelstein lehnte, ihr Telefon herauszog und zum millionsten Mal nach einer Nachricht von einem Kontakt mit der Aufschrift »Der Kürbisfresser« suchte. Ein Witz zwischen ihr und ihrem kleinen Bruder.

Sie hatten sich in ihrer Jugend so nahegestanden, aber dann waren ihre Eltern gestorben, als sie Teenager waren. Eine Tante nahm sie bei sich auf, aber ein Stipendium für das College bedeutete, dass Charlotte wegzog. Peter schien es ganz gut zu gehen. Er bekam die Chance, im Ausland Fußball zu spielen, und tat dies einige Jahre lang, bis er sich das Knie verletzte. Selbst dann blieb er auf dem anderen Kontinent und behauptete, er arbeite an einem besonderen Projekt, das ihn durch ganz Europa und zuletzt nach Russland geführt hatte.

Es war sieben Monate her, dass sie zuletzt von ihm gehört hatte. Länger als einen Monat hatten sie vorher nie die Verbindung abreißen lassen. Am Ende des zweiten Monats war sie hergeflogen. Die nächsten fünf Monate hatte sie damit verbracht, ihn zu suchen, jedoch ohne Erfolg. Sie hatte keinen einzigen Hinweis darüber, wo sich ihr Bruder befand und wie es ihm ging. Nicht einen. Sie war einsam und hatte es satt, ein solches Dasein zu führen. Es war Zeit, nach Hause zurückzukehren, bevor die Behörden sie des Landes verwiesen.

Sie hatte ein sechsmonatiges Arbeitsvisum erhalten, wobei ihre andere Tätigkeit als Englischlehrerin ihr offizieller Grund für ihren Aufenthalt in Russland war. Offenbar bezahlten manche Leute dafür, ein paar Stunden mit jemandem zu verbringen, der sich nur auf Englisch verständigen konnte. Es war ein guter Job, aber leider lief das Visum bald ab. Und so blieb ihr keine andere Wahl, als nach Amerika zurückzukehren, nur hatte sie nichts, wohin sie zurückkehren konnte.

Auf ihrer Suche hatte sie ihre Wohnung und ihr Leben aufgegeben und vor Kurzem offenbar ihr gesamtes Hab und Gut bei einem Brand in dem von ihr gemieteten Lagerraum verloren. Die Versicherung würde die Möbel ersetzen, aber was war mit den persönlichen Gegenständen? Sie versuchte, sich nicht gehen zu lassen, aber es war schwer, nicht in einem Morast aus Selbstmitleid zu versinken.

Ich Arme.

»Du solltest nicht allein hier draußen sein.« Die tiefe Stimme ließ sie aufschrecken.

Ihr ganzer Körper zuckte und sie hob den Kopf. Wieso hatte sie nicht gehört, wie er sich an sie herangeschlichen hatte? Und was hatte *er* hier zu suchen?

Trotz der Tatsache, dass seine Gesichtszüge im

Schatten blieben, erkannte sie ihn. Der gut aussehende und arrogante Mann von der Party, der ihr Tablett gerettet hatte. »Ist schon in Ordnung.« Und dann fuhr sie fort, weil sie wusste, dass man einen Fremden niemals ermutigen sollte: »Es überrascht mich, dass du keine Schubkarre brauchst, um dich fortzubewegen, nachdem du das ganze Tablett mit den Appetithäppchen verschlungen hast.«

Bei ihrer frechen Antwort zog er die Augenbrauen hoch und lächelte. »Nachdem du verschwunden warst, habe ich beschlossen, dass das zu egoistisch von mir war, also habe ich sie mit meinen Freunden geteilt. Du siehst alles andere als in Ordnung aus. Stimmt irgendetwas nicht?«

»Wie ich aussehe, geht dich gar nichts an. Wenn es dir nichts ausmacht, ich habe jetzt Pause. Falls du irgendetwas brauchst, würde ich vorschlagen, dass du zur Party zurückkehrst.« Ja, sie sagte es ein wenig unhöflich, und trotzdem fand sie es ziemlich unangenehm, mit diesem Fremden allein an einem Ort zu sein, an dem sie keine Hilfe erwarten konnte.

»Soll das heißen, meine Anwesenheit stört dich?« Er lachte kurz laut auf. »Das tut mir wirklich unheimlich leid, kleine Erdnuss.« Er sprach Englisch ganz ohne Akzent und seine Zähne leuchteten weiß in der Dunkelheit.

»Ich heiße nicht kleine Erdnuss.«

»Wie heißt du dann? Ich heiße Lawrence.«

Eigentlich sollte sie ihn nicht ermutigen, trotzdem hörte sie sich sagen: »Charlotte.«

»Die Art von Charlotte wie die Spinne aus dem Kinderbuch oder die, die lieber Charlie genannt wird?«

»Die Art, die ihre Pause damit verschwendet, mit dir zu sprechen.« Anscheinend musste sie erst unhöflich werden, damit er sie in Ruhe ließ.

»Kannst du es mir zum Vorwurf machen, dass ich mich mit einer schönen Frau unterhalten möchte?«

Sie schnaubte verächtlich. »Ich spüle schon seit Stunden Geschirr. Ich trage einen schrecklichen Mantel und einen riesigen Wollschal, ich bin wohl alles andere als hübsch, außerdem sollte ich wieder reingehen.« Sie stieß sich von der Wand ab, doch er machte einen Schritt zur Seite und versperrte ihr den Weg.

»Jetzt schon?«

»Ich werde nicht dafür bezahlt, mich mit dir zu unterhalten. Wenn du mich jetzt entschuldigen würdest.« Sie wollte um ihn herumgehen, doch er versperrte ihr den Weg erneut.

»Vielleicht später, wenn du mit der Arbeit fertig bist.«

Aha, *so einer* war er also. Einer, der es nicht verstand, wenn eine Frau kein Interesse an ihm hatte.

Sie zog ihr Pfefferspray aus der Tasche und schwenkte es vor sich her. »Lass mich in Ruhe.«

»Wer wird denn gleich gewalttätig werden?«

»Anscheinend habe ich ja Grund dazu«, murmelte sie und sah ihn die ganze Zeit über böse an, während sie sich an ihm vorbeidrängte.

»Heißt das, du möchtest dich später nicht mit mir treffen?«

Sie fand, es war völlig gerechtfertigt, dass sie ihm über ihre Schulter den Mittelfinger zeigte. Irgendwann war es genug.

Sie stapfte schneller, als sein Lachen ihr folgte, bis sie um die Ecke in die Gasse einbog. Das Licht dort flackerte. *Bzzt. Bzzt.* Jemand musste das mal reparieren.

Das Aufflackern einer Zigarette mit roter Spitze von vorne war das einzige Zeichen, dass sie nicht allein war. Keine große Sache. Die Gasse war ein beliebter Ort zum Rauchen. Wahrscheinlich einer der Küchenangestellten. Sie war auf dem Weg nach draußen an einigen vorbeigekommen.

Sie hörte Schritte hinter sich auf dem Gehsteig. Dieser Idiot sollte ihr besser nicht folgen. Sie wirbelte mit der Dose Pfefferspray herum und sah zwei Personen – einen Mann und eine Frau –, die Leder trugen und böse Absichten hatten. Ihr Blick und ihr Grinsen machten deutlich, dass sie ihr nachstellten. Sie musste nur zurück in die Küche gelangen, dann war sie in Sicherheit.

Sie wirbelte herum, bereit wegzulaufen, doch vor ihr stand ein zweiter Mann.

»Hallo, wen haben wir denn da?« Er hielt sie am Arm fest.

»Hilfe!«

Kapitel Drei

Lawrence war richtig abgeblitzt. Aber vom Feinsten. Die Tanten hätten sich vor Lachen am Boden gewälzt.

Es tat ein bisschen weh. Warum schien sie dazu entschlossen zu sein, ihn nicht zu mögen? Er hatte nichts falsch gemacht. Er fühlte sich ihr gegenüber nicht gerade wohlwollend, und doch folgte er ihr, als er die beiden Figuren hinter ihr in die Gasse schlüpfen sah. Vielleicht war es nichts, und doch stellten sich die Haare an seinem ganzen Körper auf.

»Hilfe!«

Er hörte ihren Schrei und ließ alle Vorsicht fahren. Er sprang in die Gasse und mit einem Blick war ihm die Situation klar.

Zwei – nein, es waren drei – Leute bedrohten die Kellnerin, mit der er geflirtet hatte. Sie ragten über ihrer kleinen Gestalt auf und bedrohten sie mit ihrer Größe und Gegenwart.

Oh, das kam überhaupt nicht infrage. Was nach schlechten Karten für Charlotte aussah, war für ihn kaum mehr als ein bisschen Jagdvergnügen.

»Wo steckt er? Wir wissen, dass du dich mit ihm getroffen hast. Sag mir, wo er ist, oder ich werde dir wehtun«, drohte der Größte mit starkem Akzent und kreischte kurz darauf, als die Dame ihr Pfefferspray benutzte.

Da wäre er während seines anmutigen Angriffsmanövers vor Lachen fast gestolpert. Sie war vielleicht ein Mensch und winzig klein, aber verdammt, sie war überwältigend.

»Lass mich sofort los«, rief sie und sprühte weiter, nur dass aus dem feinen Nebel plötzlich Tropfen wurden. Dann kam gar nichts mehr.

Der Schläger hatte rote Augen, die er sich wischte. Er sah stinkwütend aus. Verdammt, die Situation stand kurz davor, aus dem Ruder zu laufen. Er musste die Aufmerksamkeit von ihr ablenken.

»Hey, ihr Arschlöcher, ihr legt euch mit der Falschen an. Ich bin es, nach dem ihr gesucht habt.« Lawrence winkte. Dann reizte er sie: »Kommt und holt mich.«

Der Schläger mit den tränenden Augen rief etwas auf Russisch und blinzelte in seine Richtung. Das Gespräch sorgte dafür, dass sie mit den Schultern zuckten. Die Frau, ihr langes Haar geflochten, packte Charlottes Arm. Der sengende Blick seiner kleinen Erdnuss sorgte leider nicht dafür, dass die Hand, die sie festhielt, zu Asche verbrannte.

Lawrence würde ihr zu Hilfe kommen müssen. Schade, dass er seine Hand nicht zur Pranke verwandeln durfte. Er ging in Angriffsstellung, wohlwissend, dass er sich nicht verwandeln durfte, nicht hier in der Öffentlichkeit. Es waren zu viele Zeugen anwesend. Er brauchte seinen Liger sowieso nicht, um mit drei Straßenräubern fertigzuwerden. Er drehte seine Fäuste, während er auf seinen Fersen hüpfte, und lenkte damit die Blicke auf sich. Sie sollten von seiner Bewegung abgelenkt werden.

Die Schlägertruppe rückte an. Die Kerle teilten sich auf und dachten, sie könnten ihn aus entgegengesetzten Richtungen angreifen. Er ließ sich blitzartig fallen und trat einmal rundum, wobei er den Größten der Gruppe vor den Knöchel trat und ihn so zu Fall brachte. Lawrence sprang gerade noch rechtzeitig auf, als der zweite Schläger, der mit dem Bart, auf ihn zukam. Er hatte gerade noch genügend Zeit, um seine Hände auf seine Brust zu legen und ihn wegzustoßen. Der Bursche schlug hart gegen die Wand und stürzte zu Boden, er war zwar benommen, aber noch nicht kampfunfähig.

Derjenige, den er zum Stolpern gebracht hatte, hatte sich erholt und ging auf ihn los. Sie schlugen auf dem Boden auf und hielten sich fest, wodurch sein Anzug ruiniert wurde. Damit konnte er die Kaution für den Leihanzug vergessen. Das passierte viel öfter, als ihm lieb war.

Er schaffte es, seinen Angreifer mit einem Kopfstoß außer Gefecht zu setzen, sodass nur der bärtige

Typ übrig blieb. Er brauchte nur ein paar Handgriffe, bis er den Mann um den Hals gefasst hatte und genügend Druck ausübte, sodass er ohnmächtig wurde.

Lawrence ließ erst nach, als er eine unheilvolle Stimme hörte, die sagte: »Lass ihn los und komm friedlich mit oder sie wird sterben.«

Er sah schnell hoch und stellte fest, dass die Frau Charlotte an sich gepresst hielt. Sie war mindestens einen Kopf größer und wahrscheinlich mehrere Dutzend Kilo schwerer als seine kleine Erdnuss. Sie hatte ein Messer an Charlottes Kehle gepresst, und zwar so fest, dass sie die Haut durchstochen hatte und ein Blutstropfen daraus hervorperlte.

Ach, Mist. »Mach dir keine Sorgen, kleine Erdnuss. Ich sorge dafür, dass du heil aus der Sache rauskommst.«

»Lass Jarl los«, verlangte die Frau mit starkem Akzent.

Nun sollte angemerkt werden, dass Lawrence technisch gesehen jeden in dieser Gasse töten könnte. Er müsste nur ein paar Hälse brechen, sich mal kurz in einen Liger verwandeln, ein paar Pfotenhiebe austeilen und er würde als Sieger hervorgehen. Aber Charlotte würde wahrscheinlich sterben.

Einige seiner Freunde würden sagen: »Na und?« Sie gehörte nicht zum Rudel. Sie war ein Niemand, und doch war er nicht der Typ, der es zuließ, dass ein Unschuldiger getötet wurde, nicht seinetwegen. Außerdem war er neugierig. Wer hatte ein Team von Menschen geschickt, um ihn zu finden?

Er hatte gehört, wie sie Charlotte fragten, wo er war. Warum ausgerechnet sie? Er hatte sie gerade erst kennengelernt.

Die Ganoven hatten sie wahrscheinlich zusammen auf der Straße gesehen. Das heißt, der Angriff war irgendwie seine Schuld. Aber wer waren sie?

Um das herauszufinden, musste er mit den Ganoven irgendwo hingehen, wo es etwas weniger öffentlich war. Seine Befragung wäre vielleicht mit Schreien verbunden.

»Du hast gewonnen.« Er stieß den rotäugigen Jarl von sich und hob die Hände. »Ich komme freiwillig mit, nur tut dem Mädchen nichts. Sie hat mit der ganzen Sache nichts zu tun.«

Offenbar hätte er sich selbst in diese Vereinbarung mit einbeziehen sollen. Jarl hatte einige Aggressionsprobleme und ließ diese an Lawrence aus, als er ihm einen Sack über den Kopf zog – praktisch, dass sie mehrere davon in ihrem Kofferraum aufbewahrten – und die Hände hinter dem Rücken zusammenband.

Wirklich lächerlich. Er könnte die Fesseln ohne große Anstrengung sprengen.

Dann dachten sie, sie könnten ihn demütigen, indem sie ihn in Richtung des Wagens schubsten und lachten, weil sie erwarteten, dass er fiel. Also bitte. Eine Katze blieb immer auf den Beinen.

Seine Entführer unterhielten sich auf Russisch, das einzige Wort, das er erkannte, war »groß«. Wahrscheinlich sprachen sie über ihn. Zwei russische

Mädchen, mit denen er ausgegangen war, hatten es oft genug gesagt.

Er hörte, wie sich die Türen öffneten; Lawrence war jedoch wenig beeindruckt, als sie ihn in den Kofferraum stopften, während die Kellnerin, die so gut roch, auf dem Rücksitz mitfahren durfte.

Kapitel Vier

CHARLOTTE SAß AN DIE TÜR GEQUETSCHT DA, WEIT weg von dem Fiesling, dem sie in die Augen gesprüht hatte. Jarl schien nicht allzu glücklich zu sein und nahm sie nun irgendwo mit hin.

Sie versuchte, nicht in Panik zu geraten. Aber sag das mal ihrem rasenden Herzen und ihren klammen Händen. Ganz zu schweigen von den Schuldgefühlen, die sie empfand, weil sie den Mann, der ihr zu Hilfe gekommen war, mit in ihren Schlamassel gezogen hatte.

Hier musste es um ihren Bruder gehen. In welche Art von Schwierigkeiten war Peter diesmal geraten? Drogen? Sie hatte gedacht, er wäre nach den sechs Monaten im Gefängnis endlich vernünftig geworden.

Oder war es Diebstahl? War er wieder so dumm gewesen? Das letzte Mal war er nur davongekommen, weil er einen Handel abgeschlossen hatte, indem er ihnen einen größeren Fisch ans Messer lieferte.

Was auch immer der Grund dafür war, sie würde ihm eine Standpauke halten, wenn sie ihn schließlich ausfindig machte. Weil das auf jeden Fall geschehen würde. Alles andere war nicht akzeptabel.

Obwohl es vielleicht an der Zeit war, sich um sich selbst zu sorgen. Was wollten sie von ihr? Und warum hatten sie den anderen Kerl mitgenommen? Wie hieß er noch mal?

Es dauerte nur einen Moment, bis sie sich daran erinnerte, dass er *Lawrence* geschnurrt hatte.

Er war zu ihrer Rettung gekommen und als Belohnung im Kofferraum gelandet. Eine heroische, wenn auch törichte Geste. Oder gar nicht so töricht, denn technisch gesehen hatte er den Kampf in der Gasse gewonnen, bis sie von Mrs. Gemeine Kuh geschnappt worden war, die unbedingt etwas gegen diesen merkwürdigen Geruch unternehmen musste, der von ihr ausging.

»Wohin bringt ihr mich?«

»Sei still«, fuhr Mrs. Gemeine Kuh sie vom Beifahrersitz aus an.

»Ihr könnt mich doch nicht einfach entführen«, sagte sie, woraufhin die Frau sich umdrehte und sie anstarrte.

»Ich habe doch gesagt, du sollst still sein.«

»Sonst passiert was«, fügte eine viel zu schadenfrohe Stimme von ihrer linken Seite hinzu.

Jarl, mit seinen ausgesprochen roten Augen, legte eine schwere Hand auf ihren Oberschenkel. Sie stieß sie weg, kauerte sich an die Tür und versuchte, nicht zu hyperventilieren.

Würden sie ihr etwas antun? Denn sie schienen ganz sicher entschlossen zu sein, ihr Angst zu machen. Eigentlich hatten sie ihr noch nicht wehgetan, wenn sie den Blutfleck an ihrem Hals ignorierte. Aber nur weil sie sie momentan für irgendetwas lebend brauchten, hieß das noch lange nicht, dass ihr der Grund dafür gefallen würde.

Ihre Absicht wurde mit jedem Kilometer, der sie aus der Stadt hinausführte, ominöser. Von hellen Lichtern bis hin zu schlechten, dunklen Straßen fuhren sie lange genug umher, sodass sie ein unruhiges Nickerchen halten konnte und schließlich gegen das Fenster sabbernd aufwachte. Als sie ihren Körper verlagerte, bemerkte sie, dass Jarl seine Hand hoch auf ihrem Oberschenkel liegen hatte. Sie stieß sie voller Abscheu weg.

Er starrte sie an und leckte sich die Lippen.

Sie erschauderte.

»Wir sind angekommen«, sagte die gemeine Kuh. »Versuch nicht zu fliehen. Du kannst nirgendwo hin.«

Aus irgendeinem Grund wusste Charlotte, dass dies der Wahrheit entsprach. Sie hatten an einem heruntergekommenen Haus weit außerhalb der Stadtgrenze angehalten. Im Dämmerlicht sah sie die gerodeten Felder, die mit einer leichten Schneeschicht bedeckt waren, an einigen Stellen standen noch die Pfähle eines Zauns. Einst mochte es sich um einen

Bauernhof gehandelt haben, aber die verwitterte Scheune war eingestürzt und das windschiefe Haus mit dem durchhängenden Dach schien auch bald so weit zu sein.

Jemand packte sie mit rauem Griff am Oberarm und zog sie aus dem Wagen, und die gemeine Kuh führte sie die Stufen hinauf.

Sie konnte nicht anders, als zu keuchen: »Was wollt ihr von mir? Geht es um meinen Bruder? Was wird jetzt passieren?«

»Halt den Mund«, befahl die Stimme mit dem starken Akzent und sie wurde geschüttelt.

Charlotte schrie vor Schmerz auf und wunderte sich dann über das Knarren, das aus dem Kofferraum kam. Moment mal, wackelte das Fahrzeug etwa?

Die gemeine Kuh bellte den bärtigen Mann an, der mit der Faust auf den Kofferraum schlug und etwas auf Russisch schrie. Wahrscheinlich so was wie: »Halt die Klappe.«

Aber wie sollte man da die Klappe halten? Das Ganze war eine Katastrophe epischen Ausmaßes.

Das Fahrzeug hörte auf zu wackeln und erst dann machte der bärtige Kerl den Kofferraum auf. Lawrence setzte sich auf, sah nur leicht zerzaust aus und schnurrte: »Vielen Dank für das schöne Nickerchen.«

»Halt verdammt noch mal die Klappe.« Jarls Augen waren immer noch blutrot und tränten ständig, und das trotz der Flasche Wasser, die er über sie gegossen hatte. Er sah erschöpft und übel aus, mit einer ordentlichen Portion Wut im Bauch. Er schob sich an Charlotte vorbei in Richtung des Hauses, kramte einen Schlüssel aus seiner Tasche und steckte ihn in das Schloss. Denn die Tür eines Hauses mitten im Nirgendwo musste ja unbedingt abgeschlossen werden.

Die gemeine Kuh stieß Charlotte in Richtung der offenen Tür. Wenn sie hineinging, war es das. Sie wusste, wie solche Sachen in Büchern endeten. Sie würden sie wahrscheinlich töten. Sie würden sie zumindest schwer verletzen.

Sie geriet in Panik und stolperte über ihre eigenen Füße. Und schon begann sie, ungeschickt zu fallen.

Diesmal rettete sie niemand, aber sie streckte ihre Hände schnell genug aus, sodass sie den Schmerz nur an den Handflächen spürte. Ihr Gesicht war dieses Mal verschont geblieben. Auch ihre Brille. Sie hatte Glück gehabt, sie nicht zu verlieren. Ohne sie war sie ziemlich kurzsichtig. Eines Tages, wenn sie es sich leisten konnte, würde sie sich einer Laseroperation unterziehen und erfahren, wie es ist, morgens aufzuwachen und nicht die Augen zusammenkneifen zu müssen, um die Uhr lesen zu können.

Heute war allerdings nicht dieser Tag.

Sie wurde grob auf die Füße gerissen und wieder in Richtung Tür gestoßen. Sie stolperte und tat ihr Bestes, um kein zweites Mal auf die Nase zu fallen. Durch ihre schreckliche Angst hindurch vernahm sie ein rumpelndes Knurren.

Gab es auf dem Land wilde Tiere? Sie warf einen

ängstlichen Blick über die Schulter und fragte sich trotz der kargen, schneebedeckten Felder, ob sie drinnen nicht sicherer wäre.

Der Flur erwies sich als ebenso baufällig wie das Äußere des Hauses, die Tapete blätterte ab, der Putz war uneben und riss an einigen Stellen, wo er durchschien. Sie erhaschte einen flüchtigen Blick auf ein Zimmer mit einer Couch, die in der Mitte absackte, ein paar nicht zusammenpassende Holzstühle, einen kalten Kamin.

Die Entführer sprachen wieder auf Russisch, was bedeutete, dass sie keine Ahnung hatte, was vor sich ging. Als sie in Richtung Treppe getrieben wurde, stieg Charlotte hinauf. Wohin sollte sie auch sonst gehen?

Eine Tür am hinteren Ende eines abfallenden Korridors war mit einem Riegel versehen und ein Vorhängeschloss hing lose daran. Es war nicht schwer zu erraten, was sie vorhatten.

Sie schreckte vor der Tür zurück. Wenn sie eintrat, wäre sie endgültig eine Gefangene.

»Nein. Ich ...«

Sie hörten nicht zu. Ein Stoß ließ sie über die Schwelle taumeln und über eine Matratze auf dem Boden stolpern. Sie fiel ziemlich unsanft und schlug sich die Zähne an.

Einige Sekunden lang blieb sie bewegungslos liegen. Während dieser Zeit sah sie sich in dem scheußlichen Raum mit der abblätternden Blumentapete um, der von einer nackten Glühbirne beleuchtet wurde, die von der Decke hing. Auf der Matratze lag eine zerknitterte Decke und es gab kein Bettlaken. Dafür waren die Flecke zahlreich und abwechslungsreich, die verschiedenen Schattierungen reichten von Gelb bis Braun und sogar fauligem Grün, sodass sie die Matratze wegschob und sich lieber in eine staubige Ecke setzte.

Mehr denn je wünschte sie sich, sie wäre in Amerika geblieben. Niemand wusste, wo sie war. Niemand würde auch nur daran denken, nach ihr zu suchen, wenn sie verschwand.

Dumm. So verdammt dumm.

Sie musste fliehen. Die Tür war verschlossen; sie hatte gehört, wie sie das Schloss einrasten ließen, kaum dass sie drinnen war. Also blieb ihr nur das Fenster.

Sie stand auf und ging hin, nur um festzustellen, dass es zugenagelt war.

»Nein.« Sie krallte sich an den Fenstersims und lehnte die Stirn an die schmutzige Scheibe. Jetzt war sie wirklich aufgeschmissen.

Klick. Sie wirbelte herum, als die Tür sich plötzlich wieder öffnete und Lawrence hineingestoßen wurde. Eigentlich stolzierte er eher hinein. Die Tür wurde zugeknallt und abgeschlossen. Aber wenigstens war sie nicht allein.

Im Gegensatz zu ihr wirkte Lawrence überhaupt nicht beunruhigt. Er strahlte sie an. »Hey, kleine Erdnuss. Du wirkst ein wenig mitgenommen. Hat dir jemand was getan?«

»Noch nicht, aber sicher bald.« Sie rang die Hände. »Wir sind so im Arsch.«

»Wieso denkst du das?«

Sie starrte ihn einen Moment lang ungläubig an. »Passt du nicht auf? Wir wurden entführt. In einem Zimmer eingesperrt. Wahrscheinlich werden wir gefoltert. Oder getötet. Oder Schlimmeres.«

»Es gibt noch etwas Schlimmeres?«, fragte er und zog eine Augenbraue hoch.

»Ich bin eine Frau, natürlich gibt es etwas Schlimmeres. Und angesichts der Tatsache, dass du ein hübscher Junge bist, solltest du dir auch Sorgen machen.«

Ihm blieb der Mund offen stehen und dann schüttelte er sich vor Lachen. »Das wird niemals geschehen.«

»Als hättest du eine Wahl. Es sind einfach zu viele.«

»Ach was. Drei ist doch gar nichts. Diesmal werde ich dafür sorgen, dass du außerhalb ihrer Reichweite bist, und dann *brüll!*« Er tat so, als würde er knurren, woraufhin Charlotte die Augen verdrehte.

»Es hilft uns gar nichts, wenn du so tust, als wärst du ein wilder Löwe. Die bösen Leute da draußen haben Messer und Pistolen. Sie sind gefährlich.«

»Mach dir über sie keine Sorgen, kleine Erdnuss.«

»Ich soll mir keine Sorgen machen? Hast du den Verstand verloren? Wir wurden mitten im Nirgendwo von Mördern in einem Zimmer eingesperrt. Wir sind so im Arsch«, stöhnte sie. Und davon mal ganz abgesehen: Wenn sie wirklich Mörder waren, gab es wenig Hoffnung, dass Peter noch lebte.

Und damit schwand auch noch ihr letztes bisschen Hoffnung.

»Hab ein bisschen Vertrauen, kleine Erdnuss.«

»Ich heiße nicht kleine Erdnuss.«

»Und warum gefällt dir Charlie nicht?«

»Was gefällt dir denn nicht an Charlotte?«

»Ich würde sagen, dass bei all dem, was wir mittlerweile miteinander durchgemacht haben, Spitznamen angebrachter wären. Du kannst mich Law nennen.«

»Ich werde dich höchstens Nervensäge nennen, wenn du nicht damit aufhörst. Jetzt ist nicht der richtige Zeitpunkt, um zu flirten oder deine dummen Spielchen zu spielen«, sagte sie aufgebracht.

»Erstens ist es nie der falsche Zeitpunkt, um zu flirten, und zweitens sind das keine Spielchen.« Er zwinkerte ihr zu. »Es nennt sich leichte Unterhaltung und soll deine Nerven beruhigen.«

»Meinen Nerven geht es gut.«

»Sagt die Frau, die wie ein Blatt im Wind zittert.«

Tat sie das wirklich? Charlotte blickte nach unten und sah, dass sie zitterte. Nur für eine Sekunde, dann versank sie in einer Umarmung.

Das erste Wort, das aus ihrem Mund kam, war: »Hey«, aber bevor der Rest entschlüpfen konnte, durchdrang die Wärme ihre Kälte, die Spannung in ihren Schultern ließ ein wenig nach und irgendwie war sie insgesamt weniger ängstlich. Sie konnte sich nicht mehr daran erinnern, sich jemals so gut gefühlt zu haben. Es fühlte sich so richtig an.

Er brach den Bann nicht dadurch, dass er ihr mit

der Hand über den Rücken streichelte, sondern weil er murmelte: »Das ist meine kleine Erdnuss.«

»Ich bin nicht deine kleine irgendwas.« Sie wich vor ihm zurück. »Wir haben jetzt keine Zeit für diesen Blödsinn. Wir stecken so tief in Schwierigkeiten.« Es überraschte sie, dass Lawrence sie noch gar nicht gefragt hatte, warum das so war. Wie sollte sie auch erklären, dass ihr Bruder nicht immer das Gesetz befolgte?

»Wir stehen das schon durch.«

»Vielleicht ist dein Optimismus unangebracht.«

»Du hast vergessen, in absoluter Arroganz hinzuzufügen, dass ich zu hübsch bin, um jung zu sterben.« Er zwinkerte ihr zu. »Und du auch.«

Er fand sie hübsch? *Nein. Du darfst dich nicht ablenken lassen.* Sie schüttelte den Kopf. »Ich verstehe wirklich nicht, wie du so optimistisch sein kannst.«

»Dann musst du mir wohl einfach vertrauen.«

Ihm vertrauen? Sie hatte ihn gerade erst kennengelernt und abgesehen davon, dass er versucht hatte, sie zu retten, hatte er noch keinen sonderlich guten Eindruck bei ihr hinterlassen.

Da es nicht viel zu tun gab, außer nervös zu sein, verging die Zeit nur langsam. Zu seiner Verteidigung versuchte Lawrence, die Situation mit geistreichem Gerede zu entspannen. Das meiste davon ging bei ihr in das eine Ohr hinein und aus dem anderen wieder heraus. Sie war nach innen gekehrt, versuchte, eine Lösung zu finden, und schenkte ihm daher nicht viel Aufmerksamkeit.

Das Mittagessen kam, Brot und Käse mit etwas rostig aussehendem Wasser. Zumindest würden sie nicht verhungern. Oder sie würde nicht verhungern. Lawrence schnüffelte einmal daran und rümpfte die Nase.

»Diesen Müll esse ich nicht.«

»Dann bleibt mehr für mich.« Sie weigerte sich, ihn dazu zu überreden, auch etwas zu essen. Er war ein erwachsener Mann. Sollte er doch verhungern, wenn er so wählerisch war. Sie bewahrte etwas von den Nahrungsmitteln für später auf für den Fall, dass die nächste Mahlzeit nicht so schnell kommen würde.

Kurz nach Einbruch der Dämmerung hörte man das Geräusch eines herannahenden Fahrzeugs. Ein Blick aus dem Fenster zeigte nichts, aber sie konnte Stimmen hören. Neue, mindestens drei, vielleicht mehr, und Türen, die knallten.

Dann Stille bis auf das Poltern der Füße auf der Treppe und das Knarren, als sie den Flur entlangkamen.

Lawrence verließ seinen Platz am Fenster und stellte sich vor die Tür, kurz bevor diese aufschlug. Der größte der Schläger füllte den Türrahmen aus. Mit diesem Bart und Ausdruck brauchte er nur noch eine Augenklappe, um den perfekten Piraten abzugeben. Er bedeutete ihr mit dem Finger, zu ihm zu kommen.

Schluck. Die Zeit war gekommen. Hoffentlich würde es nicht wehtun.

Als sie um Lawrence herumgehen wollte, streckte er den Arm aus, um sie aufzuhalten. »Ich weiß deine

Unterstützung zu schätzen, kleine Erdnuss, aber ich werde mich allein darum kümmern.« Und dann brachte er sie in Verlegenheit, als er knurrte: »Würde es dich umbringen zu klopfen? Was, wenn die Dame und ich beschäftigt gewesen wären?«

Kapitel Fünf

Lawrence hatte ihren schwachen Schlag in die Niere zu Recht verdient. Seine Worte waren grob und voller Anspielungen, aber aus gutem Grund. Am besten war es, sofort Anspruch auf die Frau zu erheben, bevor dieser Perverse dachte, er könnte sie in die Finger bekommen. Jeder Versuch, seine kleine Erdnuss anzufassen, endete jetzt.

Er stellte sich vor Braunbart und fügte hinzu: »Hast du eine Krawatte oder eine Socke, mit der wir dir signalisieren können, wann du uns besuchen kannst?«

»Was machst du denn da?«, zischte sie.

»Ich erhebe meinen Besitzanspruch auf dich, damit sie wissen, dass du vergeben bist«, murmelte er. »Ich würde dir empfehlen mitzuspielen.« Auch wenn der Typ vor ihm offenbar kein Wort verstanden hatte.

Braunbart quasselte etwas auf Russisch. Das

brachte den lüsternen Typen mit den roten Augen dazu, ebenfalls reinzukommen.

»Was für ein Problem gibt es denn jetzt?«, fragte Jarl ziemlich aufgebracht und stieß Braunbart aus dem Weg.

»Ich habe deinem Freund gerade erklärt, dass es nicht höflich ist, einem Mann im Weg zu stehen, wenn er Sex haben möchte.«

»Oh!«, rief Charlotte aufgebracht, bevor sie ihn mit dem Finger ins Kreuz pikte.

»Du bewegst deinen Mund zu viel«, beschwerte sich Jarl.

»Ich möchte betonen, dass der Mund eines meiner wertvollsten Körperteile ist. Mir wurde schon öfter gesagt, ich sei oral begabt, und das nicht nur im Schlafzimmer.« Er zwinkerte und flirtete nicht wirklich mit dem Schläger, sondern versuchte, ihn aus dem Gleichgewicht zu bringen. Es funktionierte.

Jarl wurde wütend und verzerrte das Gesicht. »Kein Interesse.«

»Warum habt ihr mich dann entführt?«, fragte Lawrence kühn und hoffte auf eine Antwort. Handelte es sich vielleicht wieder mal um eine durchgeknallte Ex-Freundin?

»Boss will sprechen mit dir.«

»Was für ein Boss?«

»Big Boss. Stell dich nicht dumm. Du weißt doch genau, was du gemacht hast«, bemerkte Jarl.

Lawrence schüttelte den Kopf. »Alter, ich habe schon so viele Dinge getan. Da musst du schon etwas genauer werden. Warum auch immer ihr sauer auf mich seid, ich bin mir sicher, dass sie überhaupt nichts damit zu tun hat. Lasst sie gehen.«

»Mund jetzt halten, befehle ich dir.«

»Hast du von dem großartigen grünen Meister gelernt? Oder sollte ich besser sagen: Gelernt du hast von dem großartigen grünen Meister?«

Jarl knurrte. »Komm. Sofort!« Jarl und Braunbart stellten sich links und rechts in die Tür und warteten auf ihn.

Erst als sie die Tür schlossen, wurde ihm klar, dass Charlotte nicht mitkommen würde. »Was hast du mit ihr vor?«

»Was immer mir gefällt.« Jarl lachte und hatte den Schlag ins Gesicht, der seine Nase brach, völlig verdient. Erst als der nervige Mann anfing, Blut zu verspritzen und zu schreien, nahm Lawrence seine Hände auf den Rücken. Braunbart starrte erst Jarl und dann Lawrence an.

Lawrence zuckte die Achseln: »Er sollte keine solchen Sachen über eine Dame sagen.«

»Das ist ja lustig, dass ausgerechnet du das sagen musst«, murmelte sie.

Eigentlich eher heuchlerisch. Sie kannte ihn nicht gut genug, um zu sehen, wie er seine Worte zu seinem Vorteil nutzte. Der richtige Satz könnte die standhafteste Person aus dem Gleichgewicht bringen. Tyrannen hassten es besonders, verspottet zu werden. Das machte sie voreilig. Das konnte man an Jarl sehen, der angriff, nur um sofort wieder umgehauen zu werden.

Auf Braunbarts heftigen Seufzer hin machte Lawrence eine Geste, mit der er wohl sagen wollte: »Was hattest du denn erwartet?« Als Jarl zum dritten Mal angreifen wollte, nur um wieder auf dem Boden zu landen, stellte Braunbart sich ihm in den Weg und bellte etwas auf Russisch, worauf Jarl antwortete. Dem Tonfall nach zu urteilen – dickköpfig mit einer Prise Verheißung auf ein Nachspiel – würde Jarl warten, um sich zu rächen.

Nur zu. Beim nächsten Mal würde Lawrence nicht nur sein Gesicht zertrümmern.

Jarl schloss die Tür und ließ Charlotte allein im Raum. Sie flankierten Lawrence, während sie ihn den Flur hinabgeleiteten. Die Treppe knarrte bedrohlich, als die drei großen Männer sie zusammen hinuntergingen, aber sie überlebten und schafften es bis zum Erdgeschoss, das mit einer Vielzahl von nackten Glühbirnen und einigen Lampen beleuchtet war, von denen einige flackerten. Unglaublich, dass es in dieser Ruine noch Strom gab.

Jemand anderes hätte den Tanz der Schatten vielleicht als bedrohlich und beeindruckend empfunden. Die steinernen Gesichtsausdrücke der beiden neuen Männer waren langweilig. Die Gewehre, die die Wachen trugen, könnten ein Problem darstellen, aber nur, wenn es ihnen gelang, sie rechtzeitig hervorzuholen und zu zielen. Er hatte nicht vor, sich langsam zu bewegen, wenn er handelte.

Eine Frau, die immer noch ihre Außenbekleidung trug, saß auf dem ausgeleierten Sofa auf einem ausgebreiteten Mantel. Ihre Augen waren von stark getuschten Wimpern umrahmt. Sie musste der Boss sein.

»Du bist größer, als ich gedacht hätte«, erklärte sie.

»Und das überall, Baby.« Er sagte es mit einem Augenzwinkern.

Sie schürzte ihre stark geschminkten, roten Lippen. »Sag uns, wo es ist.«

»Wo was ist?«

»Stell dich nicht dumm. Ich weiß, warum du hier in Russland bist.«

»Die Hochzeit meines besten Freundes war nicht gerade ein Geheimnis.«

»Was für eine Hochzeit? Wechsle bitte nicht das Thema. Hast du es gefunden?« Sie lehnte sich gespannt vor.

Diesmal war es an ihm, sich überrascht zu zeigen. »Was soll ich gefunden haben? Ich weiß wirklich nicht, wovon du redest.«

»Du lügst.« Sie knallte ihren geschnitzten Holzstock auf den Boden und stürzte sich fast von der Couch. »Wir wissen, dass du ihm schon so nahe warst. Das hast du selbst in dem Brief geschrieben, den wir abgefangen haben.«

Die ganze Geschichte wurde noch verworrener als zuvor und trotzdem hatte es nichts mit ihnen zu tun, aber er war neugierig. Typisch Katze eben. »Warum denkst du, ich würde es dir geben?« Wenn er mitspielte, würde sie vielleicht weitere Einzelheiten preisgeben.

»Übergib es uns oder wir werden ihr wehtun.«

»Warum glaubt ihr, es würde mir etwas ausmachen, wenn ihr Charlotte etwas tut?« Natürlich machte es ihm etwas aus, doch wenn er das zugab, musste er sich auch fragen warum. Er hatte sie erst am Abend zuvor kennengelernt. Sie hasste ihn. Und trotzdem hatte er das starke Bedürfnis, sie zu beschützen. Allerdings würde er auch jedes Mitglied des Rudels beschützen, das in Schwierigkeiten steckte.

Sie zog eine stark gezupfte Augenbraue hoch. »Willst du etwa behaupten, sie sei dir egal?« Sie lächelte. Es war ein bösartiges Lächeln und versprach mehr Unheil als eine schwarze Katze, die deinen Pfad kreuzt. »Jarl wird sich freuen, das zu hören. Er hatte schon immer eine Schwäche für Amerikanerinnen.«

Ihre Anspielung brachte ihn zum Knurren. »Lasst sie in Ruhe.«

»Wenn du dafür sorgen willst, dass ihr nichts passiert, gibst du mir, was ich haben will.«

Sein erster Impuls bestand darin, ihr zu sagen, sie solle sich ihre Forderungen sonst wohin stecken. Das wäre jedoch eine unbedachte Entscheidung gewesen. Schließlich gab es ziemlich viele Wachen im Raum und davon mal ganz abgesehen konnten die anderen eventuell zu Charlotte gelangen, bevor er es konnte. Er musste die Chancen ausgleichen. Man durfte nie angreifen, wenn man unterlegen war, außer das eigene Leben hing davon ab. Er suchte nach einer Möglichkeit, Zeit zu gewinnen. »Und was, wenn ich es noch nicht habe?«

»Dann wirst du uns sagen, wo es sich befindet.«

»Und wenn ich mich weigere? Bringt ihr mich dann in den Keller und foltert mich?«, fragte er. Dann gäbe es wahrscheinlich weniger Wachen um ihn herum. Es gab nicht viele Leute, die die Schreie und das Blut ertragen konnten.

»Folter ist zu chaotisch und unzuverlässig.« Die Boss Lady rümpfte die Nase und schenkte ihm dann ein haifischartiges Lächeln. »In diesen modernen Zeiten benutzen wir Drogen. Du hast Glück, ich habe die neueste Version des Wahrheitsserums, das ich an dir ausprobieren kann.« Sie schnippte mit den Fingern und hinter ihm setzte sich jemand in Bewegung.

Als er sich umdrehte, sah er, wie ein großer Kerl die Hand ausstreckte, also hob er den Arm, um ihn zu blocken, und übersah so den Kerl, der sich von hinten an ihn ranschlich. Der Nadelstich in seinen Arm war wirklich nur ein winziger Pikser. Da und weg, nicht einmal seine Aufmerksamkeit wert.

Aber vielleicht hätte er ihm etwas Aufmerksamkeit widmen sollen, denn seine Sinne trübten sich fast augenblicklich. Er sah nicht mehr klar und als er das Bewusstsein wiedererlangte, fand er sich in einer fremden Hütte im Bett mit einer Frau wieder.

Einer menschlichen Frau und – nach dem Geruch an ihr und den Spuren am Hals zu urteilen – seiner Gefährtin auf Lebenszeit.

Kapitel Sechs

»Wer bist du?« Lawrence wachte genauso schnell auf, wie er eingeschlafen war, und sah Charlotte an, als hätte er sie noch nie zuvor in seinem Leben gesehen.

Ein ziemlich starkes Stück, wenn man bedachte, dass er immer noch auf ihr lag, sodass sie nicht aufstehen konnte.

Die Tatsache, dass er sie das fragte, sorgte dafür, dass sie ein wenig schnippisch wurde. »Wage es ja nicht, jetzt so zu tun, als würdest du dich nicht erinnern.«

»Es ist mir alles ein bisschen unklar.« Er verzog das Gesicht, machte die Augen zu und runzelte die Stirn. »Habe ich etwa zu viel getrunken?«

»Sag du es mir, und während du darüber nachdenkst, wie wäre es, wenn du mich aufstehen lässt? Nicht jeder mag es, wie ein Käfer zerdrückt zu werden«, fuhr sie ihn an, noch immer ein wenig sauer darüber, dass er sie vergessen hatte. Immerhin hatte er ziemlich heftig mit ihr geflirtet. Anscheinend war sie nichts weiter für ihn als eine weitere Frau, an dessen Namen er sich nicht erinnern konnte.

»Können wir nicht noch ein bisschen kuscheln?«, fragte er.

Sie würde nicht weich werden. Nicht nach allem, was er getan hatte. »Nein.« Sie atmete erleichtert auf, als er von ihr herunterrollte.

Merkwürdigerweise vermisste sie es jetzt plötzlich, ihn auf sich zu spüren. Trotz der Tatsache, dass es sie erdrückte, so beruhigte es sie doch auch. Sie hatte in dem verlassenen Bauernhaus so große Angst gehabt, und dann war er gekommen, um sie zu retten. Er hatte die Tür zu ihrem Gefängnis aufgestoßen, als befände sie sich in einem Actionfilm mit einem großen, blonden Berserker von Wikingerkrieger. Er hatte sich ihren Angreifer geschnappt und ihn durch den Raum geschleudert, wobei seine Gesichtszüge mehr die eines wilden Tieres als eines Menschen waren. Sicherlich hatte sie im schwachen Licht nicht richtig gesehen und ihre überreizten Nerven hatten den Rest erledigt.

Nur hatte er sich auch wild verhalten.

Sie legte sich die Hand in den Nacken, der noch ganz klebrig war von dem getrockneten Blut, trotzdem hatte sie keine Schmerzen.

»Sich zu entschuldigen reicht nicht aus.«

Mit dem Blick folgte er ihren Fingern. Er schluckte und seine Stimme erklang eine Oktave höher, als er fragte: »Was ist passiert? Ich erinnere mich nur noch daran ... dass ich ...« Erneut runzelte er die Stirn. »Nachdem sie mir die Nadel in den Arm gestochen haben, erinnere ich mich an nichts mehr.«

»Sie haben dich unter Drogen gesetzt?« Das erklärte einiges.

»Ja, sie haben mir irgendetwas injiziert, damit ich die Wahrheit sage, doch so wie es aussieht, hatte ich eine allergische Reaktion und bin in eine Art Koma gefallen.«

»Das klingt ja fast so, als wärst du handlungsunfähig gewesen. Ich kann dir versichern, dass du auf keinen Fall in einer Art Koma warst.« Stattdessen hatte er sogar noch lebendiger gewirkt als sonst. Er hatte geradezu vor Energie vibriert.

»Was ist passiert?«

Weil er sich offensichtlich nicht erinnerte, erzählte sie es ihm und ließ so zum x-ten Mal ihre Rettung Revue passieren, wobei sie immer noch nicht ganz verstand, was geschehen war. »Nachdem du weg warst, hat mir der Typ, dem ich das Pfefferspray ins Gesicht gesprüht hatte, einen Besuch abgestattet.«

Quietschend öffnete sich langsam die Tür des Zimmers und Jarl lächelte sie aus dem Türrahmen an. Er sagte etwas auf Russisch.

Sie schüttelte den Kopf. »Ich kann dich nicht verstehen.«

Jarl trat in den Raum und machte die Tür zu. Das grausame Lächeln, das seine Mundwinkel umspielte, wurde breiter. »Zieh dich aus.«

Sie schüttelte heftig den Kopf und fuhr ihn an: »Nein.«

»Mach es, sonst passiert was.«

Wie konnte das, was passieren würde, schlimmer sein als das, was passieren würde, wenn sie gehorchte? Es war offensichtlich, dass er keine guten Absichten hatte.

Sie hob das Kinn. »Für dich tue ich gar nichts. Lass mich sofort frei.« Ihre trotzige Forderung brachte ihn zum Lachen, wie sie es erwartet hatte.

»Du willst kämpfen? Kämpfen wir.« Er winkte sie heran und konnte es kaum erwarten, da er wusste, dass sie erledigt war. Eine Dose Pfefferspray und ein gut gezielter Tritt vors Knie, mehr hatte sie an Selbstverteidigungskünsten nicht zu bieten. »Zieh dich aus oder ich erledige das für dich.« Er zog ein Schnappmesser aus der Tasche und sie bekam einen ganz trockenen Mund.

Wenn sie kämpfte, könnte er sie mit dem Messer verletzen. Wenn sie das nicht täte ... könnte er sie immer noch verletzen. Eine aussichtslose Situation, was wäre also der entscheidende Faktor? Mut oder Feigheit?

Charlotte schrie und lief auf ihn zu, ihr schnell ausgearbeiteter Plan war, ihn so zu erschrecken, dass sie an ihm vorbeischießen konnte. Vielleicht schaffte sie es bis zum Korridor und dann zur Treppe.

Und was dann? Sie würde es herausfinden, wenn sie ... uff.

Sie knallte gegen seinen Bauch und er rülpste nur mit einem gewaltigen Grunzen, allerdings bewegte er sich nicht. Er erholte sich schnell und stieß sie von sich weg, schwang das Messer vor sich her und murmelte einen Strom russischer Flüche, von denen sie einige verstand. Das waren die ersten Worte, die sie nach ihrem Umzug aufgeschnappt hatte.

Jarl ging auf sie zu und lächelte nun nicht mehr.

Sie hatte vielleicht alles nur noch schlimmer gemacht. Sie wich zurück, doch weit konnte sie nicht fliehen. Sie schlug mit dem Rücken gegen die Wand, womit ihre Flucht beendet war.

Er blieb direkt vor ihr stehen. Sein stinkender Atem traf auf ihr Gesicht, als er sich niederbeugte und auf Russisch flüsterte. Wahrscheinlich etwas Gewalttätiges und Obszönes.

Sie schloss die Augen, als die Spitze des Messers ihre Bluse berührte, direkt neben dem ersten Knopf.

Dann schlug die Tür auf. Hart genug, dass sie mit einem Knall gegen die Wand schmetterte und daran abprallte.

Und herein stolzierte Lawrence, seine Augen glühten fast vor Wut, die Lippen waren zu einem Knurren zurückgezogen. Er wirkte unglaublich wütend und war völlig unerschrocken, als er auf Jarl und sein Messer losging.

Der Kampf war alles andere als ausgewogen. Lawrence hob Jarl auf, als würde er nichts wiegen, und warf ihn zu Boden. Der Schläger stieß gegen die Wand und sackte zusammen.

Lawrence war noch nicht fertig. Er packte Jarl beim Hemd und schleppte ihn zu dem vernagelten Fenster. Er stieß den Mann durch das Fenster, wobei das Glas zerbrach und mit dem Körper nach unten fiel.

Sie starrte ihn mit offenem Mund an.

»Du hast ihn aus dem Fenster gestoßen.«

»Er hatte es verdient«, knurrte Lawrence und drehte sich vor Wut noch immer zitternd zu ihr um. Es war erschreckend und fesselnd zugleich. Er streckte die Hand aus. »Komm.« Seine Stimme klang anders, tiefer und grimmiger als sonst. Auch ausgesprochen beängstigend.

»Was ist mit dir los?«

»Nichts. Wir verschwinden von hier. Sofort.«

»Nach dort draußen?« In die Dunkelheit und eisige Kälte? Schnell griff sie nach dem Mantel, den sie abgelegt hatte, und zog ihn sich über den Pulli. Ihren Schal hatte sie verloren, doch sie hatte noch immer ihre Stiefel, wohingegen Lawrence immer noch seinen Anzug trug, der mittlerweile zerrissen war und Flecke hatte – war das Blut?

Sie machte einen Schritt zurück. Wie hatte er fliehen und ihr zu Hilfe kommen können?

Er wartete mit ausgestreckter Hand am Fenster. War es wichtig, wie es ihm gelungen war? Er war der Gute. Selbstverteidigung war kein Verbrechen und er wollte ihr zur Flucht verhelfen.

Sie legte ihre Hand in seine und er zog sie an seinen Körper, wobei die von ihm ausgehende Hitze angesichts ihrer inneren Kälte sehr willkommen war. Ein Blick aus dem Fenster zeigte ein baufälliges Verandadach, die

Schindeln bröckelten und lösten sich. Auf dem Boden wälzte sich Jarl und stöhnte.

»Schnell«, erklärte Lawrence. Er schlüpfte zuerst aus dem Fenster, was bewies, dass es groß genug war, und stellte sich auf das Dach. Es brach nicht unter seinem Gewicht zusammen. Er streckte noch einmal seine Hand aus.

Vorsichtig auf das Glas im Rahmen achtend trat sie heraus, griff mit ihrer Hand nach seiner und hoffte, dass ihre Füße nicht auf dem verzogenen und schrägen Dach abrutschen würden. Ein scharfer Schrei lenkte ihren Blick über ihre Schulter, um zu sehen, dass die gemeine Kuh den Raum betreten hatte.

»Jetzt wissen sie, dass wir auf der Flucht sind«, rief sie unnötigerweise.

Statt zu antworten, ließ Lawrence ihre Hand los und trat schnell an den Rand des Vordachs der Veranda. Er zögerte nicht und schaute nicht einmal hinunter, sondern sprang einfach.

Sie war eine Sekunde wie erstarrt, als er zischte: »Kommst du jetzt?«

Doch bevor sie sich in Bewegung setzen konnte, hatte jemand sie ergriffen. Die gemeine Kuh hatte schnell gehandelt und hatte sie jetzt in ihrer Gewalt. Charlotte erschrak und wirbelte herum, wobei es ihr gelang, sich loszureißen.

Allerdings verlor sie dabei das Gleichgewicht. Sie landete auf ihrem Hintern und begann zu rutschen.

Oh verdammt –

Ein Gedanke, der während ihres Sturzes begann, aber endete, als sie von kräftigen Armen erfasst wurde.

Sie blinzelte. »Lebe ich noch?«

Das Grinsen auf Lawrence' Gesicht war in Anbetracht der Situation viel zu fröhlich. »Als hätte daran jemals ein Zweifel bestanden.«

Irgendjemand rief etwas und löste damit den Alarm aus, dass sie zu fliehen versuchten. Sie befanden sich auf der Rückseite des Hauses, halb im Schatten, trotzdem würde es nicht lange dauern, bis sie entdeckt wurden.

»Verschwinden wir von hier.«

Lawrence verschränkte seine Finger mit ihren und zog sie mit sich, als er weglief, wobei er Jarl im Vorbeigehen mit Füßen trat und ihn so zurück auf den Boden schickte.

Charlotte versuchte, Schritt zu halten. Das tat sie wirklich, aber sie konnte mit seinem Tempo nicht mithalten. Ihre Füße kamen nicht in den richtigen Rhythmus; sie stolperte und strauchelte immer wieder. Als er abrupt anhielt, dachte sie sicher, er würde sie anschreien, weil sie so ungeschickt und langsam war.

Stattdessen warf er sie sich über die Schulter und lief wieder los, so schnell, dass ihr vorheriges Tempo im Vergleich dazu wie Gehen wirkte. Die Nachtluft war kalt und seine Schulter drückte sich in ihren Bauch. Der leicht fallende Schnee verbesserte die Situation nicht, aber er verwischte anscheinend ihre Spur, weil er über die Felder in den Wald sprintete, und schon bald befanden sie sich in seinem Schutz. Das Geschrei wurde leiser und das Licht war ganz verschwunden, aber er hielt nicht an.

Lawrence lief weiter und rüttelte sie durch, während sie sich an ihm festhielt, das Gesicht an seinem Rücken vergraben. Es dauerte Minuten. Stunden. Sie konnte es nicht sagen, nur dass sie Schmerzen hatte, als er schließlich langsamer wurde. Er setzte sie nicht einmal ab, als sie eine heruntergekommene Hütte erreichten. Er klopfte nicht an, sondern stieß einfach die Tür auf, was ziemlich mutig war, wenn man bedachte, dass sie eigentlich damit rechnete, dass die ganze Hütte bei dem geringsten Stoß umfallen würde.

Das Innere erwies sich als solider als erwartet und dennoch baufällig, alles war von einer dicken Staubschicht bedeckt. Selbst die Spinnweben hatten Spinnweben. Es gab Mäusekot und andere Kotklumpen, die sich mit der Zeit verfestigt hatten. Der Raum war mit einfachen Möbeln eingerichtet. Es gab einen Tisch und darauf lagen ein Vorhang und ein eingetrockneter Trog. Sonst waren da noch zwei Hocker aus runden Scheiben von einem Baumstamm auf Holzbeinen. Das Bett bestand aus einem Haufen ausrangierter Decken, von denen Staub aufwirbelte, der mit größter Wahrscheinlichkeit eine Lungenkrankheit hervorrufen würde, als er sie darauf warf.

Sie hustete und keuchte, kämpfte, um dem sicherlich von Ungeziefer befallenen Bettzeug zu entkommen, doch dann lag Lawrence plötzlich auf ihr.

»Was machst du da?«

»Ich schlafe«, grummelte er als Antwort.

»Wir können doch jetzt nicht schlafen. Was, wenn diese Leute uns verfolgen?«

»Das werden sie nicht tun. Und sie sind es nicht, um die du dir Sorgen machen solltest.« Doch anstatt zu erklären, was er damit meinte, hob er seine Nase an ihren Hals und knurrte. Und sie meinte damit, dass er buchstäblich knurrte, und zwar so sehr, dass es ihre Haut zum Vibrieren brachte.

Plötzlich hatte sie das Gefühl, als wäre er wütend. »Stimmt etwas nicht?«

»Ich kann ihn *an dir riechen.«*

Sie ging davon aus, dass er damit Jarl meinte. »Keine Bange. Ich bin mir sicher, dass sein Geruch bald von den Gerüchen von Tod und Urin, die in diesem Haus vorherrschen, überdeckt wird.«

Er rieb ihre Wange an seiner. »Ich will, dass du nach mir riechst.«

»Das ist merkwürdig.«

»Das ist es tatsächlich, denn diesen Wunsch habe ich noch nie zuvor verspürt.« Er hob seinen Kopf gerade so weit, dass er sie ansehen konnte. »Irgendetwas ist anders an dir, kleine Erdnuss.«

»Ist das etwas Schlechtes?«

Seine Lippen zuckten amüsiert. »Das weiß ich jetzt noch nicht. Schließlich kennen wir einander erst seit einem Tag.«

»Noch nicht mal einen Tag.« Und wie aufregend der bis jetzt gewesen war.

»Ich bin müde.« Er legte seine Stirn an ihre.

»Sollte nicht besser einer von uns Wache halten?«

»Ich werde nicht zulassen, dass sie dir wehtun.« Sie konnte seine Worte heiß an ihren Lippen spüren, die sich daraufhin öffneten, als erwartete sie, dass er sie küsste. Nur dass er stattdessen sein Gesicht wieder an ihrem Hals vergrub und ganz nahe an ihrer Haut flüsterte: »Warum riechst du so verdammt gut?«

Warum fühlte er sich so gut an? Ein Prickeln raste durch ihren Körper. Sie konnte nicht anders, als sich vorsichtig zu winden, als er seinen Mund über ihren Hals streichen ließ.

Sie sollte ihn wegstoßen.

Aber sie hatte das hier verdient. Schließlich wäre sie fast gestorben.

Sie genoss es, bis er sie biss.

»Was zum Teufel soll das?«, rief sie.

»Alles meins«, lautete seine schläfrige Antwort.

»Und dann hast du angefangen zu schnarchen.« Sie schloss die Geschichte, ohne dabei zu erwähnen, dass sie danach eine geraume Zeit mit einem schmerzhaften Pochen zwischen den Beinen dagelegen und sich selbst für ihre Dummheit verflucht hatte.

»Ich schnarche nicht«, protestierte Lawrence.

»Doch, das tust du. Und zwar sehr laut. Und außerdem wiegst du eine Tonne.«

»Tue ich nicht«, widersprach er vehement. »Ich bin in ausgezeichneter Form.«

»Ich habe auch nie das Gegenteil behauptet. Es weiß doch jeder, dass Muskeln schwer sind. Und das kann ich selbst bezeugen, schließlich war ich stundenlang darunter gefangen. Vielleicht waren es sogar

Tage. Du hattest Glück, dass ich nicht pinkeln musste.«

»Ich wurde unter Drogen gesetzt«, sagte er trotzig.

»Ist das die Ausrede, mit der du erklären willst, warum du dich letzte Nacht wie ein Vampir verhalten und mich gebissen hast?«

»Also bitte, aber ich bin doch kein blutsaugender Vampir. Warte. Ich habe dein Blut nicht getrunken, stimmt's?« Er klang ein wenig unsicher.

»Nein, aber meine Haut hast du schon verletzt, siehst du.« Sie neigte den Kopf zur Seite, um ihm ihren Hals zu zeigen.

Das schien ihn zu schockieren. »Nicht zu fassen, dass ich das getan habe.«

»Hast du aber.«

Er schloss die Augen und ließ den Kopf in den Nacken fallen. »Das ist nicht gut.«

»Ach was.« Sie blieb vorerst auf dem Bett liegen und fragte sich, ob sie angesichts der Dunkelheit in der Hütte einen ganzen Tag versäumt hätten. Jetzt war es auch kälter. Sie kämpfte sich in eine sitzende Position, zog die Knie an die Brust und umklammerte sie mit den Armen.

»Jetzt ist es wahrscheinlich zu spät, es rückgängig zu machen«, murmelte er.

Das war eine dumme Bemerkung und außerdem hatte er es merkwürdig formuliert. Moment mal ... Wollte er damit vielleicht sagen, dass er irgendeine Krankheit hatte? Wie Tollwut oder so was? War es nicht das, was man von Bissen bekam, oder galt das nur für wilde Tiere? Gab es vielleicht eine Spritze gegen das, was er getan hatte?

Er streckte die Hand aus, um sie zu berühren, doch sie schreckte zurück. »Oh nein, du fasst das nicht an. Ich möchte auf keinen Fall, dass noch weitere Bakterien von deinen schmutzigen Fingern in meine Wunde gelangen.«

»Die Wunde wird sich nicht entzünden.«

»Dessen kannst du dir nicht sicher sein. Ich brauche ärztliche Hilfe.«

»Kommt schon wieder in Ordnung«, murmelte er. Er fuhr sich mit der Hand durchs Haar. »Ich gehe mal davon aus, dass du nicht weißt, wo wir sind.«

Sie schüttelte den Kopf. »Keine Ahnung.«

»Hast du ein Handy?«, fragte er hoffnungsvoll.

»Die haben sie uns abgenommen und als wir geflohen sind, haben wir sie uns nicht zurückgeholt.«

»Das ist ein wenig unglücklich.«

»Unglücklich?«, kreischte sie. »Wir haben uns in der russischen Wildnis verirrt, Mörder sind hinter uns her, wir haben nichts zu essen, kein Auto, nichts. Wir sind im Arsch.« Sie fluchte zwar nicht oft, doch außergewöhnliche Situationen wie diese erforderten außergewöhnliche Maßnahmen.

»Du bist wirklich ausgesprochen süß, wenn du wütend bist.«

»Das ist bis jetzt wirklich das Chauvinistischste, was du gesagt hast.«

»Wie kann es schlecht sein, wenn ich dir sage, dass ich dich süß finde?«

»Ist es halt.«

»Und genau da unterscheiden wir uns. Ich würde es lieben, wenn mir gesagt wird, wie ausgesprochen attraktiv ich bin, wenn ich wütend bin.«

»Du siehst viel mehr aus wie eine wilde Bestie.«

Er stellte ernüchtert fest: »Du sagst das, als wäre es etwas Schlechtes.«

»Weil es das ist. Du sahst wie jemand anderes aus. Es war ziemlich unheimlich.« Auch ziemlich heiß, das würde sie aber niemals laut zugeben.

»Das ist jetzt aber ein wenig unangenehm.« Er verzog das Gesicht und ging in dem eng bemessenen Raum hin und her.

»Sollten wir uns nicht darauf konzentrieren, unseren Weg zurück in die Zivilisation zu finden, anstatt uns darüber zu sorgen, dass du ziemlich wild aussiehst, wenn du wütend bist?«

»Wir gehen nirgendwohin. Solange, wie wir schon weg sind, wird es nicht mehr lange dauern, bis jemand uns finden wird.«

Sie machte große Augen. »Wie bitte? Dann sollten wir schleunigst von hier verschwinden.« Sie wollte sich gar nicht vorstellen, was passieren würde, wenn Jarl und die anderen sie ausfindig machten.

»Keine Panik. Die Leute, von denen ich rede, werden dir nicht wehtun. Zumindest nicht physisch. Allerdings sind sie ziemlich gut darin, jemanden in Verlegenheit zu bringen. Aufgrund der Tatsache, dass ich mich schon länger als einen Tag nicht mehr bei ihnen gemeldet habe, werden sie mit der Suche bald anfangen.« Er ging zur Tür, die ins Schloss gefallen war, sich aber nur gerade so schließen ließ.

»Also müssen wir nur darauf warten, dass deine Freunde uns finden? Aber wie? Niemand weiß, wo wir sind.«

»Davon lassen sie sich nicht abhalten.« Er steckte einen Moment lang den Kopf aus der Tür, bevor er erklärte: »Wahrscheinlich finden sie uns heute so um zwei Uhr nachmittags. Wenn sie allerdings auf dem Ball sind, finden sie uns frühestens am Abend. Wahrscheinlich sogar erst morgen. Vielleicht sogar erst am Tag darauf, wenn es weiter so schneit.«

»Es schneit?« Sie kroch vom Bett und ihr war jetzt sogar noch kälter als zuvor. Anscheinend hatte er ihr einen Gefallen getan, als er sie im Schlaf gebissen hatte. Ihr war nämlich gar nicht aufgefallen, dass die Hütte kalt und schlecht isoliert war. »Wir sollten von hier verschwinden. Warum warten wir auf deine Freunde?«

»Weil dir kalt ist und du erschöpft bist«, erklärte er ihr. »Genau wie ich.«

Da hatte er allerdings recht. Er hatte sie stundenlang getragen, viel länger als sie zu Fuß durchgehalten hätte. Aber trotzdem ... Sie schlang die Arme um ihren Körper, da ihr jetzt viel kälter war, da er nicht mehr auf ihr lag.

»Dann wollen wir doch mal sehen, ob ich das Feuer nicht in Gang bringen kann.«

»Und wie? Indem du die ganze Hütte anzündest? Das wäre vielleicht sogar besser«, bemerkte sie trocken.

»Wir könnten stattdessen natürlich auch den Kamin benutzen.« Er zeigte auf ein Loch in der Wand, in dem Steine lagen und das schwarz vor Ruß war.

»Schaffst du es wirklich, da ein Feuer anzuzünden?« Die Aussicht auf etwas Wärme sorgte dafür, dass ihre Miene sich ein wenig aufhellte.

»Ja, aber wir müssen hoffen, dass der Schornstein nicht verstopft ist.« Er beugte sich in den Kamin und blickte in den Schornstein hinauf. »Ich sehe zwar ein bisschen Unrat, aber auch das Tageslicht. Reich mir mal den Besen.«

Sie machte den Mund auf, um zu fragen, wo der Besen war, doch dann sah sie ihn neben der Tür stehen. Anstatt sich darüber zu beklagen, dass er sie herumkommandierte, reichte sie ihn ihm.

Lawrence stieß ihn in den Kamin und alle möglichen Dinge kamen durch den Schornstein herunter. Äste und Blätter und noch was, das wie die Überreste eines Nestes aussah.

»Das sollte reichen. Und das Gute daran ist, dass wir das ganze Zeug zum Anzünden benutzen können. Allerdings brauchen wir Holz, um das Feuer am Leben zu erhalten.« Er sah sich um und bevor er sie fragen konnte, hatte sie schon ein Holzscheit aus der behelfsmäßigen Kiste bei der Tür gezogen.

»Wie ist es damit?«

»Sehr gut, aber wir brauchen mehr Holz, sonst überstehen wir die Nacht nicht.«

Auf dem Kamin lag ein altes Feuerzeug, das sogar noch einen Funken produzierte, als er es ausprobierte. Allerdings schaffte es leider nicht viel mehr als das.

Doch anstatt aufzugeben, nahm er das Feuerzeug auseinander, schlug mit einem losen Stein aus dem Kamin auf den Feuerstein und richtete den Funken immer wieder auf die heruntergefallenen, getrockneten Blätter. Es bedurfte einiger Geduld, die sie selbst nicht aufgebracht hätte, bis es ihm schließlich gelang, eine winzige Flamme mit einer umso größeren Rauchwolke zu entfachen.

Die Flamme wuchs schnell, das Holz begann zu brennen und schon bald knisterte ein fröhliches Feuer. Sie konnte nicht anders, als näherzutreten und ihre Hände in Richtung der Hitze auszustrecken. »Oh, das tut gut.«

»Genieß es, solange du noch kannst. In Anbetracht der Tatsache, wie trocken dieses Holz ist, wird es nicht lange brennen.« Er stand auf und ging zur Tür.

»Wohin gehst du?«

Er warf ihr einen Blick über die Schulter zu, als er die Tür öffnete und ein kalter Wind in die Hütte wirbelte. »Mal sehen, was ich alles finden kann.«

»Und was ist mit mir?«

»Ich würde dir empfehlen, immer in Sichtweite der Hütte zu bleiben.« Er ging, ohne ihre Antwort abzuwarten.

Er ließ sie zitternd und plötzlich wieder sehr ängstlich zurück. Ein Gefühl, das sich noch verstärkte, als sie nach draußen schaute und den grauen Himmel und die dicken Schneeflocken sah. Auf dem Boden lagen bereits mehrere Zentimeter Schnee und er fiel schnell, was den Vorteil hatte, dass er ihre Spuren schnell verdecken würde. Ein Windstoß wirbelte Schneeflocken in ihr Gesicht, und sie schreckte zurück und schlug schnell die Tür zu. Es war zwar immer noch kalt in der Hütte, aber der eisige Luftzug drang nicht mehr hinein. Währenddessen knisterte das Feuer im Kamin und es breitete sich eine angenehme Wärme aus, die die Kälte vertrieb. Sie wollte sich an den Kamin kuscheln.

Als sie sich umschaute, sah sie nicht viele Möglichkeiten, es sich bequem zu machen. Die Decken auf dem Bett waren ekelhaft schmutzig. Die Matratze würde wahrscheinlich auseinanderfallen, wenn sie versuchte, sie ans Feuer zu schieben. Unter dem Tisch mit der Spülschüssel waren Geschirr und Töpfe schief auf einem Regal gestapelt.

An einer anderen Wand stand noch ein Schrank. Oben waren drei offene Regale mit noch mehr Unordnung, aber der untere Teil war von einer Tür verschlossen.

Es bedurfte eines enormen Kraftaufwandes, um sie zu öffnen, der Riegel an der Tür starrte vor Staub und Schmutz, aber im Schrank fand sie einen Schatz. Ein Kissen und einen Schlafsack, dazu eine Patchworkdecke. Es roch alles ein wenig muffig, war im Laufe der Jahre jedoch von Mäusen und anderem Ungeziefer verschont geblieben. Sie fand sogar einige ungeöffnete Dosen. Die Etiketten fielen ab, als sie danach griff. Wahrscheinlich waren sie abgelaufen, aber angesichts der Tatsache, dass ihr der Magen knurrte, musste sie das Risiko eingehen, solange der Inhalt beim Öffnen der Dose keine Anzeichen von Schimmel oder eigenständige Bewegungen zeigte.

Aber jetzt würde sie sie noch nicht öffnen. Nicht in dem Dreck um sie herum.

Der Besen, den er für den Schornstein benutzt hatte, lehnte dicht neben ihr an der Wand. Die steifen Borsten brachen an einigen Stellen ab, als sie den Schmutz aus dem Bereich vor der Feuerstelle wegfegte. Töricht, als würde Putzen helfen. Trotzdem fühlte sie sich besser, sobald sie einen Teil aufgeräumt hatte. Erst dann öffnete sie den Reißverschluss des Schlafsacks und legte ihn vor dem Feuer aus. Das Kissen diente als Unterlage für ihren Hintern. Die Decke blieb vorerst gefaltet, da das Feuer die Hütte stark erwärmt hatte.

Umso erschreckender war der brutale Kaltluftstoß, als sich plötzlich die Tür öffnete. Lawrence stand für einen Moment eingerahmt darin, scheinbar völlig unbeeindruckt von dem Sturm.

»Ich habe den alten Holzvorrat gefunden.«

»Und anscheinend auch den Sturm.« Er hatte überall Schnee, in den Haaren und Augenbrauen und sogar teilweise an den Stoppeln an seinem Kinn.

»Es lagen schon ein paar Zentimeter Schnee auf dem Boden. Ich sage zumindest noch ein paar weitere Zentimeter voraus, bevor der Schneesturm weiterzieht. Ich werde mehr Holz holen.« Er kippte einen Arm voll Holz in die Kiste bei der Tür. Er machte zwei weitere

Touren, füllte die Kiste und stapelte dann einige Holzscheite daneben auf.

»Denkst du etwa, dass wir für eine Weile eingeschneit werden?«, wollte sie wissen.

»Der Schneesturm könnte einige Stunden anhalten, wenn nicht sogar Tage. Es ist besser, sich darauf vorzubereiten.«

Tage? Bevor sie wirklich in Panik ausbrechen konnte, war er schon wieder im Sturm verschwunden. Sie räumte noch etwas auf und fand einen Topf mit einem Henkel, der auf den Haken im Inneren des Kamins passte. Sie schmolz Schnee darin und spülte ihn dreimal aus, zusammen mit zwei Zinnbechern, die sie gefunden hatte, bevor sie den Schnee darin schmelzen und kochen ließ, sodass man ihn trinken konnte.

Das hoffte sie zumindest.

Sie goss ihn in die gereinigten Becher, schmolz dann noch mehr Schnee und benutzte eine Ecke des Pullovers, den sie ausgezogen hatte, um ihn anzufeuchten und ihr Gesicht zu waschen. Dann die Hände. Zögernd tupfte sie schließlich ihren Hals ab. Der Biss tat nicht weh. Vielleicht würde er sich nicht entzünden.

Mehr Zeit verging und immer noch kein Lawrence. Der Sturm draußen wurde stärker, der Wind pfiff und rüttelte manchmal an der Hütte. Doch nur sehr wenig Zugluft drang nach innen, und keine einzige Schneeflocke.

Ein guter Unterschlupf. Wenn er nur voll ausgestattet mit einer Speisekammer wäre.

Zeit, sich die geheimnisvollen Dosen anzusehen. Sie stöberte in der einfachen Küche und fand ein Ding, das ein Öffner sein musste. Da sie nicht verstand, wie man ihn benutzte, trank sie stattdessen noch mehr Wasser, um ihren Magen zu beruhigen, der vor Hunger schmerzte.

Als Lawrence schließlich zurückkehrte, brach sie fast in Freudentränen aus.

Ich bin nicht allein.

Als sie merkte, dass sie wie ein Schwächling zu ihm laufen wollte, bellte sie stattdessen: »Und wo hast du gesteckt?«

»Ich habe uns etwas zum Abendessen besorgt, kleine Erdnuss. Hast du schon mal geröstetes Eichhörnchen gegessen?«

Kapitel Sieben

Charlotte wurde bleich, als er seinen Fang hochhielt. Vielleicht hätte er das Ding erst abziehen und so vorbereiten sollen, dass es mehr so aussah, als wäre es in einem Laden gekauft worden, bevor er es zu ihr ins Haus brachte.

»Was ist das? Eine Ratte?«, fragte sie.

»Ein Eichhörnchen. Geräuchert ist es besonders lecker. Ich gehe mal nicht davon aus, dass du Salz und Pfeffer gefunden hast.«

»Du hast ein überfahrenes Tier mitgebracht?«

»Nein, ich habe es in einer Falle gefangen. Und heißt das nein, was die Gewürze angeht?«

Sie hatte sich beschäftigt, während er weg gewesen war. Er sah, wie sauber die Hütte jetzt war, und entdeckte das Nest, das sie vor dem Feuer errichtet hatte.

Sie zeigte zur Küche. »Es gibt haufenweise Salz, einen Pfefferstreuer, in dem der Pfeffer ein solider

Block ist, sodass wir ihn wahrscheinlich nicht mehr gebrauchen können, und dann ist da noch etwas anderes, was entweder Oregano oder Marihuana sein könnte.«

»Niemand lässt einfach Marihuana zurück.« Er zwinkerte ihr zu, als er eintrat und die Tür fest hinter sich zumachte, um den Sturm auszuschließen.

Er hatte nicht vorgehabt, so lange draußen zu bleiben, aber er wollte die Gegend auskundschaften und sich davon überzeugen, dass die Hütte tatsächlich so abgelegen war, wie er glaubte. Als er noch unter Drogen stand, hatte er sie beide in seiner wilden Flucht tief in den Wald geführt. Auf einen Baum zu klettern hatte ihm nur gezeigt, dass sich um ihn herum noch mehr Bäume befanden, und zwar so weit er sehen konnte. Was zugegebenermaßen bei dem drohenden Sturm nicht so weit war, wie er es gern gehabt hätte.

Er suchte nach Spuren und legte Schlingen für Tiere aus. Nicht alles hielt den ganzen Winter lang Winterschlaf. Er warf seinen pelzigen Fang auf den abgeräumten Tresen und leerte seine Taschen von den Nüssen, die er in einem hohlen Baumstamm versteckt gefunden hatte.

»Kann man die essen?« Sie zeigte Interesse, griff nach einer und drehte sie in den Fingern.

Es hätte ihn nicht faszinieren dürfen zuzusehen, doch wie bei allem anderen, was Charlotte betraf, konnte er nicht anders. Die Wirkung hatte sich anscheinend noch verstärkt, als er unter Drogen gestanden hatte. Das würde erklären, warum er sie als seine

Gefährtin markiert hatte. Das Schicksal, das wusste, dass er sich nicht freiwillig binden würde, hatte dafür gesorgt, dass er eine schwache Minute hatte, und sich seiner angenommen und ihn dann ins Verderben gestürzt.

Er war fürs Leben gepaart.

Gefesselt.

Im Arsch.

Es musste einen Weg geben, das, was er getan hatte, rückgängig zu machen. Charlotte wusste nicht, was er war. Hatte nicht eingewilligt. Wahrscheinlich würde sie das auch nie tun, da sie ihn nicht besonders zu mögen schien. Während er feststellte, dass er sie wahnsinnig gernhatte.

»Erde an schrecklichen Schneemenschen, wie können wir sie essen?« Sie schüttelte die Nuss vor seiner Nase herum und riss ihn damit aus den Gedanken.

»Die müssen wir erst rösten, bevor wir sie essen können.«

»Und wie?« Sie stellte sein Wissen nicht infrage, aber sie bestand darauf, die staubige Pfanne, die sie gefunden hatten, zu waschen, und dann hörte sie zu, als er ihr erklärte, wie man die Nüsse röstete.

Erst als er seinen Fang kochfertig machte, fragte sie: »Woher weißt du eigentlich, wie man all diese Dinge tut? Du siehst mir nicht wie ein Überlebenskünstler aus.«

»Nach was sehe ich denn aus?«, fragte er und wandte sich zu ihr um, wobei er eine kurze Pause davon machte, seine Beute mit dem stumpfesten Messer aller Zeiten zu bearbeiten.

»Nicht so der Typ für draußen.«

»Weil ich einen hübschen Anzug trage?« Er zeigte auf seine mittlerweile schmutzigen Kleider. »Das war für die Hochzeit und den Empfang.«

»Was trägst du dann normalerweise?«

»Jeans und T-Shirt, wenn ich ausgehe. Eine Trainingshose während der restlichen Zeit, wenn ich nicht nackt bin.«

Sie rümpfte richtiggehend die Nase. »Igitt. Das sind zu viele Informationen.«

Er sah sie einen Moment lang an. »Ich glaube nicht, dass das schon einmal eine Frau zu mir gesagt hat.«

»Hat dir noch nie jemand gesagt, wie eingebildet du bist und wie widerlich du sprichst?« Sie zog eine Augenbraue hoch. »Nicht jeder, den du triffst, wird dich nackt sehen wollen.«

»Das bricht mir einfach das Herz. Zerstört mein Ego.«

»Das bezweifle ich stark«, sagte sie mit einem Schnauben, als sie die Pfanne schüttelte und mit den Nüssen auf einem verrosteten Gestell rasselte, das er in die Feuerstelle eingesetzt hatte. »Woran merken wir, dass die Nüsse fertig sind?«

»Wenn man das Warten nicht länger ertragen kann, schnappt man sich eine wirklich heiße Nuss, verbrennt sich bei dem Versuch, sie zu knacken, und steckt sich die heiße Nuss in den Mund, sodass man ein äußerst befriedigendes Knuspern erhält.«

»Da spricht die Stimme der Erfahrung«, stellte sie fest und rüttelte noch einmal an der Pfanne.

»Ich bin ein Mann mit vielen Gesichtern. Verbring mehr Zeit mit mir und vielleicht siehst du dann ein paar von ihnen.« Es war nicht nötig, ihr davon zu erzählen, dass sie die erste Frau war, der er erlaubte, nahe genug heranzukommen, um über das Äußere des Katers hinauszuschauen, abgesehen von seiner Familie.

»So wie es aussieht, habe ich wohl keine Wahl. Wir werden auf jeden Fall bis zum Morgen hier festsitzen, nicht wahr? Vielleicht sogar noch länger.« Sie ließ die Mundwinkel hängen.

»Die meisten Frauen wären begeistert davon, Zeit mit mir allein verbringen zu dürfen.«

Sie schürzte die Lippen. »Ich bin aber nicht die meisten Frauen.«

Und das war es auch, was ihm am meisten an ihr gefiel. »Und wer bist du dann, kleine Erdnuss? Was für Geheimnisse verstecken sich in deinem Kopf?«

»Da es sich um Geheimnisse handelt, werde ich sie dir natürlich nicht verraten.«

»Eine Frau voller Geheimnisse«, erklärte er, ging zur Tür und warf die Überreste des Eichhörnchens, die sie nicht mehr brauchten, nach draußen.

»Wohl kaum. Du hast da vorhin etwas gesagt, darüber, dass deine Freunde uns finden würden.«

»Ich weiß nicht, ob ich sie Freunde nennen

würde.« Er verzog das Gesicht. »Ich bin mir allerdings sicher, dass sie mich überall auf der Welt suchen würden.«

»Aber wie wollen sie das anstellen? Selbst wenn sie Hunde hätten, um deine Fährte aufzuspüren, hat der Schnee mittlerweile all unsere Spuren verdeckt.«

»Sagen wir einfach, dass sie andere Methoden haben.« Der Chip, den sie ihm damals nach dieser Entführung eingepflanzt hatten, würde irgendwann als Ping auf einem vorbeiziehenden Satelliten auftauchen. Sobald der Sturm vorbei war, konnten sie sein Signal empfangen.

»Glaub mir, es ist alles andere als einfach, Leute aufzuspüren, die verschwunden sind.« Sie ließ die Schultern hängen.

Diese Aussage ließ vermuten, dass eine Geschichte dahintersteckte, doch er hakte nicht nach. Hauptsächlich deshalb, weil sie ganz offensichtlich noch nicht dazu bereit war, ihm davon zu erzählen.

Er sah, wie sie zögerte, sich eine heiße Nuss aus dem Topf im Kamin zu angeln. Ihre Zunge lugte zwischen ihren Lippen hervor. Die Brille war auf ihrer Nase nach vorne gerutscht. Unglaublich, dass sie sie nicht verloren hatte.

»Es überrascht mich, dass du deine Brille noch hast.« Er zeigte darauf.

»Als jemand, der schon mehrmals seine Brille verloren oder kaputt gemacht hat, habe ich gelernt, sie an einem sicheren Ort zu bewahren, sobald ich in eine Notlage gerate. Bevor ich aus dem Fenster geklettert bin, habe ich sie mir in die Tasche gesteckt.«

»Nicht nur schön, sondern auch schlau.«

»Versuchst du es immer noch mit dem Flirten?«, fragte sie.

Selbst wenn sie ihn abblitzen ließ, war sie immer noch so verdammt süß.

Sie gehörte ihm.

Seine Markierung lag zwar auf der anderen Seite ihres Halses, und doch konnte er sie spüren. Wie konnte das sein? Warum fühlte er sich so sehr zu ihr hingezogen? Stand er vielleicht immer noch unter Drogen? Oder war es tatsächlich passiert? Diese gefürchtete Sache, die scheinbar vernünftige Menschen heimsuchte und sie zu Paaren machte?

Man sehe sich nur seinen besten Freund Dean an, der gerade geheiratet hatte. Der sich an die Kette hatte legen lassen, und das auch noch freiwillig. Und der Typ hatte noch nie glücklicher gewirkt.

Wenn ein eingefleischter Junggeselle wie Dean jemanden finden konnte, dann war es vielleicht gar nicht so weit hergeholt, dass Lawrence auch jemanden fand. Aber war Charlotte diejenige?

Er hockte sich neben sie und kippte die brennend heißen Nüsse aus der Pfanne auf den Schlafsack.

»Was machst du denn da?«, kreischte sie und rückte von den heißen Nüssen weg.

»Ich mache mir etwas zum Abendessen.« Er legte das gewürzte Fleisch in den Topf. Sofort ertönte ein ausgesprochen befriedigendes Zischen. Er stellte den

Topf wieder in den Kamin, und zwar so weit, dass das Fleisch briet.

»Und wie essen wir die jetzt?«, fragte sie, nachdem sie sich von ihrem kleinen Ausbruch erholt hatte. Sie lehnte sich vor und stellte sicher, dass sie die Nüsse, auf die sie zeigte, nicht berührte.

»Du musst sie knacken.« Er schnappte sich eine Nuss und drückte so fest zu, dass die Schale platzte. Er reichte ihr das kleine Häppchen darin.

Es dauerte drei Bisse, bis sie es verstanden hatte. Sie hielt die Nuss zwischen zwei Fingern und beäugte ihn misstrauisch. »Willst du gar keine davon essen?«

»Nein danke.«

»Und warum nicht? Sind sie etwa vergiftet?« Plötzlich hielt sie die Nuss weit von sich weg, als könnte sie sie angreifen.

Er schnaubte. »Bist du immer so paranoid?« Nur um sich sofort danach zu entschuldigen. Seine Tanten hatten ihm erklärt, dass Frauen die Welt ein wenig anders wahrnahmen als Männer. »Nein, sie sind nicht vergiftet. Ich möchte nur keine davon essen, weil du so großen Hunger hast.«

»Das stimmt, aber du brauchst natürlich auch etwas zu essen«, sagte sie mit Nachdruck.

»Iss nur. Ich kann warten. Bald ist das Abendessen fertig.« Er zeigte auf den Topf.

»Genau. Und deswegen will ich auch nicht gierig sein. Iss was.«

Zu seiner großen Überraschung – und Freude – schob sie ihm eine Nuss in den Mund. Er kaute und sah sie dabei die ganze Zeit über unverwandt an. »Danke.«

Sie senkte die Lider und ihren Kopf. »Lass mich mal versuchen, die nächste zu knacken.« Sie suchte sich eine Nuss aus und drückte sie. Allerdings ließ sie sich nicht öffnen. Sie drückte und gab sich Mühe. Knurrte vor Verärgerung.

Lawrence lächelte nicht, aber er schnappte sich schnell zwei Nüsse. *Krach.* Er öffnete seine Hand. »Die sind ziemlich hart.«

»Ich schaffe das schon«, erklärte sie ihm. Sie stand auf und da sie sich anscheinend auf einer Art Mission befand, aß er die beiden Nüsse selbst.

Es dauerte nicht lange, bis sie gefunden hatte, wonach sie gesucht hatte. Einen Fleischklopfer. Dieses Gerät war in der Wildnis äußerst praktisch, um Fleisch weichzuklopfen und auf Dinge einzuschlagen. Sie schlug ganz leicht auf eine Nuss. Als sie nicht aufging, zerschlug sie sie zu Mus.

Sie betrachteten beide die Überreste von Schale und Nuss, die miteinander vermischt waren. »Ich glaube, dass diese Nuss schlecht war«, stellte sie fest.

»Da hast du ganz sicher recht«, sagte er ohne eine Spur von Hohn in der Stimme.

Die nächste Nuss, auf die sie einhämmerte, blieb größtenteils heil und er ließ sie all die Nüsse knacken. Sie teilten sie sich und als sie damit fertig waren, klaubte er die Schalen zusammen und warf sie ins Feuer, woraufhin die Flammen hochschnellten.

Die Hütte stellte sich überraschenderweise als

ziemlich wetterfest heraus. Sie konnten den Sturm draußen ums Haus pfeifen hören und ab und zu fegte eine kleine Böe durch das Gebäude, doch dank des Kamins war es nicht kalt. Sie waren vor dem Schnee in Sicherheit und auch vor dem –

»Sollen wir es umdrehen?«

»Was?« Er schrak zusammen und brauchte einen Moment, um zu begreifen, was sie meinte. »Das Fleisch. Ja.« Immer noch ein wenig nachdenklich griff er nach dem Topf und schrie auf, als er den Henkel berührte.

»Vielleicht möchtest du das hier benutzen.« Sie griff den behelfsmäßigen Topflappen vom Boden, wo er unbemerkt hingefallen war. Er gab ihr die Schuld dafür, dass er so abgelenkt war.

Er griff danach und sie schnappte sich seine Hand.

»Du hast dir wehgetan.«

»Nur ein kleines bisschen. Ich spüre kaum was.« Das stimmte zwar nicht ganz, denn seine Hand tat sehr wohl weh, aber er wusste, dass es nicht lange dauern würde. Gestaltwandler heilten schneller. Und das traf sogar noch mehr auf Hybriden wie ihn zu.

Er zog den Handschuh an und den Topf nahe genug zu sich, sodass er das Fleisch umdrehen konnte. Es zischte, als es auf das heiße Metall traf. Dann schob er den Topf wieder auf die Flamme, damit das Fleisch weiterbraten konnte. »Es dauert noch ein wenig.«

»Wenn du jetzt schon Hunger hast, ich habe ein paar Konserven gefunden.« Sie zeigte darauf.

»Was haben wir denn da?« Er hielt eine Dose hoch. »Irgendein grünes Gemüse.«

»Hört sich das gut an?« Bei ihrer Frage rümpfte sie die Nase.

Ein Lächeln umspielte seine Mundwinkel. »Das ist optimistischer, als es dieses Bild verdient. Was meinst du, sollen wir es herausfinden?«

»Der Dosenöffner ist allerdings ziemlich merkwürdig.« Sie holte das Ding und Lawrence zeigte ihr, wie sie das Metall damit öffnen konnte.

Kaum hatte er die Dose geöffnet, stach ihnen der Geruch in die Nase. Und zwar heftig.

»Oh Gott, das ist schrecklich«, rief sie. »Es ist sicher schlecht.«

Er warf einen Blick auf den Inhalt. »Ich weiß nicht so recht. Sieht genau aus wie auf dem Bild.« Er neigte die Dose in ihre Richtung, damit sie die grünen Klumpen darin sehen konnte.

»Das kann ich nicht essen.« Sie legte eine Hand vor den Mund.

»Ich auch nicht.« Und er wollte es auch nicht eine Minute länger riechen müssen. Er öffnete die Tür nur für einen winzigen Augenblick und warf die Dose so weit er konnte nach draußen. Irgendwas würde sie finden und beim Essen nicht so pingelig sein.

Die nächste Dose enthielt Suppe.

»Glaubst du, die ist noch gut?«, fragte sie skeptisch und sah die gelbliche Flüssigkeit an, in der irgendwelche Brocken schwammen.

»Ich denke, dass es zusammen mit den Knochen

und dem restlichen Fleisch ein feiner Eintopf für später sein wird.«

»Ist das noch etwas, das du von den Pfadfindern gelernt hast?«, wollte sie wissen.

»Das könnte man so sagen.« Er zwinkerte ihr zu. »Während meiner Jugend waren die Nächte, die ich im Wald verbracht habe, die, die mich am meisten geformt haben.«

Dann erzählte er ihr eine Geschichte darüber, wie er und einige der anderen Kinder in ein Lager gingen, in dem es angeblich spukte, und wie sie sich fast in die Hose machten, als einige der älteren Kinder beschlossen, sich als Psychomörder auszugeben und sie zu jagen. Alle hatten einen Haufen Spaß. Bis auf Kelvin. Er war inzwischen weit über dreißig und schlief immer noch mit einem Nachtlicht.

»Das ist viel aufregender als alles, was ich jemals getan habe«, gab sie zu. »Das einzige Mal, dass ich so etwas im Freien gemacht habe, war in dem Hinterhof unseres Hauses mit meinem Bruder. Wir hatten ein Notzelt gefunden, das jemand weggeworfen hatte.«

»Stehst du deinem Bruder sehr nahe?«, fragte er, als er nach dem Fleisch sah, obwohl er sich natürlich eher ihretwegen Sorgen darüber machte, ob es durchgebraten war oder nicht.

»Ja. Früher. Irgendwie.« Sie seufzte. »Seinetwegen bin ich hier in Russland. Er ist vor Monaten wegen der Arbeit hergekommen, und auch wenn er nicht der zuverlässigste Kerl ist, wenn es darum geht, Kontakt zu halten, so meldet er sich doch gelegentlich.«

»Und jetzt ist er verschwunden?«, hakte er nach.

»Ja.«

»Und wie lange schon?«

»Ich habe vor sieben Monaten das letzte Mal etwas von ihm gehört. Ich bin mir sicher, dass er seit mindestens fünf Monaten verschwunden ist. Allerdings stapelten sich die Werbebriefe schon im Monat davor vor seiner Tür.«

»Moment mal, du bist nach Russland gekommen, um deinen Bruder ausfindig zu machen? Ganz alleine?« Denn sie war ganz offensichtlich nicht hier geboren.

Sie sah ihn scharf an. »Du hältst mich für dumm.«

»Ich glaube, dass du ihn sehr liebst.« Und ja, sie verhielt sich wirklich ein bisschen dumm, hatte aber gute Gründe dafür.

Sie ließ die Schultern hängen. »Ich würde einfach gern wissen, ob es ihm gut geht.«

»Hast du bei deiner Suche schon irgendwelche Fortschritte gemacht?«

»Bei was für einer Suche denn? Ich kenne niemanden. Ich dachte, dass jemand in seinem Wohngebäude oder bei der Arbeit Antworten für mich haben könnte, aber niemand wollte mit mir reden.« Sie ließ die Mundwinkel noch mehr hängen. »Es ist fast so, als hätte es ihn nie gegeben.«

Allein bei der Niedergeschlagenheit, die bei ihren Worten mitklang, wurde ihm schwer ums Herz. Er musste ihr einfach helfen. »Wenn wir hier herauskommen, würde ich dir gern helfen.«

Sie hob den Blick und sah ihn an. »Warum?«

»Weil die Familie alles ist. Bei mir ist vor Kurzem eine Cousine spurlos verschwunden, ich weiß also, wie sich das anfühlt.«

»Und hast du sie wiedergefunden?«

»Ja. Miriam ist wieder sicher zu Hause.« Er ließ bei der Geschichte aus, dass sie angeschossen und zum Sterben in den Fluss geworfen worden war. Sie hatte sich zwar wieder erholt, würde aber ihr Leben lang eine Narbe zurückbehalten.

»Ich habe schon so lange nichts mehr von Peter gehört.«

»Gib die Hoffnung nicht auf. Zumindest nicht, solange du dir nicht sicher bist. Ich werde dir helfen, Antworten zu bekommen, wenn wir hier rauskommen.«

»Was das angeht, bist du um einiges zuversichtlicher als ich«, gestand sie ihm bedauernd.

»Mach dir keine Sorgen, kleine Erdnuss. Ich bringe dich unversehrt in die Zivilisation zurück.« Er zog den Topf vom Feuer und schüttelte ihn, um die Soße auf dem gebratenen Fleisch zu verteilen. »Das Abendessen ist fertig.«

Während sie aßen, sagten sie kaum etwas. Er aß nicht viel, weil er schon während der Jagd als Liger ordentlich zugeschlagen hatte. So war genügend Fleisch übrig, um daraus zusammen mit der Suppe und noch etwas mehr Schnee einen Eintopf zu kochen.

»Suppe zum Frühstück?«, scherzte sie, während sie umrührte.

»Warte nur, bis du siehst, was ich zum Mittagessen geplant habe.« Er legte sich auf den Schlafsack, die Füße dem Feuer zugewendet, die Hände unter dem Kopf verschränkt.

»Du glaubst nicht, dass wir vorher gerettet werden.« Es war eine Feststellung, keine Frage.

»Wir könnten auch versuchen, uns durch den Schnee zu kämpfen, das wäre allerdings weniger angenehm. Wir haben die besten Chancen, wenn wir einfach warten.«

»Darauf, dass uns jemand rettet?« Sie schnaubte. »Ich wünschte, ich würde deinen Optimismus teilen.«

»Bist du immer ein solcher Pessimist?«

»Ich bin Realist und als jemand, der sein ganzes Leben lang ungeschickt war, muss ich immer auf das Schlimmste vorbereitet sein.«

»Oder du brauchst einfach jemanden, der dich auffängt.«

»Tue ich nicht. Ich ...« Sie wirbelte herum, um ihm zu widersprechen, doch sie stolperte über ihre eigenen Füße und landete geradewegs in seinen Armen. Damit war sein Standpunkt bewiesen.

»Ich finde, du solltest dich lieber setzen.«

»Ich stimme dir zu. Ich bin wirklich müde«, murmelte sie und ihre Wangen waren ganz rot geworden. Er setzte sie auf das Kissen neben sich. Doch anstatt ihren süßen Hintern dorthin zu pflanzen, protestierte sie: »Du bist doch derjenige, der liegt. Du solltest dir das Kissen unter den Kopf legen.«

Ein weiches Kissen wäre schön, doch ein Mann

sollte immer versuchen, sich wie ein Gentleman zu benehmen. »Du hast es gefunden und zuerst benutzt.«

»Wir teilen es uns.« Sie ließ das Kissen neben seinem Kopf fallen und schob sich dann so nach unten, dass sie auf einem Rand davon zu liegen kam, ohne dass sie ihn berührte, und legte sich mit dem Rücken zu ihm.

Eine Einladung, mit ihr in der Löffelchenstellung zu kuscheln? Oder, was wahrscheinlicher war, ihre Art, ihn abzugrenzen. Er wäre vielleicht noch beleidigter gewesen, wenn er nicht einen Hauch ihrer Erregung wahrgenommen hätte oder die Art und Weise, wie ihre Wangen sich manchmal röteten, wenn sie ihn ansah.

Er schwieg einige Minuten, bevor er es wagte, zu seufzen und zu sagen: »Ich kann nicht schlafen.« Und an ihrer Atmung konnte er erkennen, dass sie auch noch nicht schlief.

Anstatt sich schlafend zu stellen, ging sie auf ihn ein und begann ein Gespräch. »Hattest du Angst, dich zu verlaufen, als du auf der Jagd warst?«

»Ich habe einen ziemlich guten Orientierungssinn.«

»Selbst bei einem Sturm?«, fragte sie.

Wie sollte er erklären, dass er jetzt offenbar einen Bezugspunkt hatte, an dem er sich orientieren konnte? Eine Lebensgefährtin. Niemand hatte ihm je gesagt, dass er ihr wie einem Kompass folgen konnte. Würde es auch umgekehrt funktionieren? Würde sie wissen, wann er in die Kneipe ging?

Er warf ihr einen Seitenblick zu. Sie war ein Mensch. Es war wahrscheinlich nicht dasselbe.

Er wusste es nicht, und sie wollte eine Antwort auf ihre ursprüngliche Frage. »Da die Sicht ausgesprochen schlecht war, habe ich mich nicht zu weit von der Hütte entfernt.«

Sie bewegte sich. »Wem glaubst du, hat diese Hütte gehört?«

»Wahrscheinlich einem Typen, der sich nach Ruhe und Frieden gesehnt hat.«

Sie drehte den Kopf und versuchte, sich nach ihm umzusehen. »Und warum einem Typen? Es könnte doch auch ein Mädchen gewesen sein.«

»Das ist nur mein Bauchgefühl. Und es gibt hier keine Bücher.«

»Was haben denn Bücher damit zu tun?« Da sie es anscheinend müde war, sich den Kopf nach ihm zu verrenken, was ihr sowieso nicht besonders gut gelang, drehte sie sich zu ihm um und sah ihn an.

»Typen, die alleine in den Wald ziehen, lesen keine Bücher. Sie reinigen ihre Waffen. Sie reparieren ihre Fallen. Sie ölen und schleifen Sachen.« Und er sollte es wissen, denn er hatte genau das getan.

»Soll das etwa heißen, dass Frauen faul sind?«

»Nein, nur tagsüber effizienter. Die meiste Zeit über machen sie mehrere Dinge gleichzeitig, also haben sie abends mehr Zeit zum Lesen.«

Sie machte einen ganz wunderbaren Schmollmund. »Es ist einfach unglaublich sexistisch, so etwas zu sagen.«

Das stimmte, trotzdem erklärte er ihr: »Es ist ein Kompliment, weil Frauen schlauer sind als Männer.«

»Alle Frauen als Bücherwürmer abzustempeln ist …« Sie schürzte die Lippen. »Okay, vielleicht ist es also keine Beleidigung, aber ein Klischee.«

»Du willst damit also sagen, dass du kein Buch mit in eine Hütte nehmen würdest?«

»Nein, das würde ich nicht behaupten. Ich würde auf jeden Fall ein Buch mitnehmen, oder zwei, oder eine ganze Schubkarre voll. Aber darum geht es nicht. Ich bin nämlich nicht jede Frau.«

»Du stimmst mir zu, willst mir aber nicht recht geben. Und genau das ist der Grund, warum ich Frauen nie verstehen werde«, grummelte er.

»Wir sind eben ziemlich komplizierte Wesen«, gab sie zu.

»Ich allerdings nicht.« Es fühlte sich merkwürdig an, das gegenüber seiner kleinen Erdnuss zuzugeben, und trotzdem sorgte es dafür, dass sie ihn nachdenklich ansah.

»Gestern hätte ich dir noch zugestimmt und gesagt, du bist einfach nur ein Playboy mit eleganter Fassade, aber oberflächlich.«

»Und jetzt?«, fragte er leise.

»Vielleicht bist du doch nicht so eingebildet und nervig, wie ich anfangs dachte.«

»Sei vorsichtig mit diesem überschwänglichen Lob, sonst werde ich noch ganz eingebildet«, neckte er sie. Irgendetwas kitzelte ihn an der Wange.

Er hätte sich nichts dabei gedacht, aber ihre

Augen weiteten sich vor Entsetzen und sie schrie so laut, dass ihm beinahe das Trommelfell geplatzt wären. Charlotte stürzte sich von ihrem Platz, tänzelte und brüllte.

Zuerst dachte er, sie würde »Feuer« schreien, doch dann wurde ihm klar, dass es sich nur um eine Spinne handelte.

Oh, das kleine kitzelige Ding. Er fegte das Insekt von seinem Körper.

Aber dadurch kreischte sie nur noch lauter.

Sie hatte Angst vor einer Spinne? Lächerlich. Dabei wusste doch jeder, dass man sich vor diesen schrecklichen Zecken in Acht nehmen musste.

Selbst nachdem er den achtbeinigen Teufel nach draußen gebracht hatte, hatte sie noch Angst, da sie mit an die Brust angezogenen Knien dasaß und sich misstrauisch im Zimmer umsah.

»Sie ist weg. Du kannst dich wieder hinlegen.«

»Das kann ich nicht. Hast du gesehen, wie groß sie war? Weißt du, dass man statistisch gesehen mindestens eine Spinne pro Jahr verschluckt? Ich würde ersticken, wenn eine Spinne versuchen würde, in meinen Mund zu krabbeln.«

»Sie wird den Sturm nicht überleben und wieder hier auftauchen.«

»Wahrscheinlich hat sie Freunde.«

»Ich werde dich beschützen.«

»Ich will lieber einfach nach Hause«, jammerte sie.

»Du kommst doch wieder nach Hause. Schon bald. Aber du kannst in der Zwischenzeit nicht wach bleiben. Komm mal her.« Er klopfte neben sich auf das Kissen.

Sie legte sich hin, dicht genug, dass man als Mann auf falsche Ideen kommen könnte. Er würde diese Ideen allerdings nicht in die Tat umsetzen. Es gab eine Zeit und einen Ort für Verführung. Und wenn eine Frau Angst hatte, war das jedenfalls nicht der richtige Zeitpunkt, und obwohl einige behaupten würden, ein Häuschen mit einem tosenden Feuer sei romantisch, bezweifelte er, dass einer von ihnen den harten Boden genießen würde.

Schade, dass der Ort nicht mit einem Bärenteppich ausgestattet war. Aber sie hatten immerhin eine gefaltete Decke. Er schüttelte sie aus, sorgte dafür, dass sie keine achtbeinigen Überraschungen enthielt, und legte sie dann über sie.

Ihr glücklicher Seufzer war die Mühe wert. Er legte sich hinter sie und berührte sie nicht, obwohl er es gern getan hätte.

»Hast du genug von der Decke?«, fragte sie ihn plötzlich.

»Ich brauche keine.«

»Das heißt also nein.« Sie wand sich und bewegte sich und zerrte an dieser Decke, bis sie ihn teilweise bedeckte. Als sie endlich damit fertig war, lag sie näher an ihm als vorher. Ihr Rücken lag an seiner Brust, aber sie hielt ihren Hintern gerade so, dass er ihn nicht berührte.

Ihr Duft erfüllte seine Sinne. Sie beruhigte ihn, während sie ihn gleichzeitig erregte.

Auch sie musste es als beruhigend empfunden haben, denn sie murmelte schläfrig: »Sollte nicht einer von uns wach bleiben, um die Spinnen zu vertreiben?«

»Mach dir keine Sorgen. Ich halte Wache.«

Und dann wurde er von ihrem gellenden Schrei geweckt.

Kapitel Acht

Diesmal wachte Charlotte nicht unter Lawrence auf, sondern in Löffelchenstellung an ihn gepresst. Eine zugegebenermaßen bequeme Stellung, vor allem, weil er sie im Arm hielt. Doch so schön es auch war, sie musste ziemlich heftig pinkeln. Der ganze geschmolzene Schnee, den sie getrunken hatte, machte sich bemerkbar.

Der Wind, der in der Nacht zuvor eine disharmonische Symphonie geheult hatte, war abgeflaut und Licht drang an den Rändern der Fensterläden durch. Sie hatten es durch die Nacht geschafft, aber das Bedürfnis, aufs Klo zu gehen, brachte ein eklatantes Problem zu Tage. Entweder hockte sie sich in eine Ecke oder sie musste nach draußen gehen.

Da sie wahrscheinlich vor Verlegenheit sterben würde, wenn er sie dabei erwischte, wie sie auf den Boden pinkelte, entschied sie sich für draußen, aber das bedeutete, dass sie zuerst von ihm wegkommen musste, ohne ihn zu wecken.

Sie ließ sich Zeit, sich von ihm wegzurollen. Er grunzte ein paarmal, hielt sie an einem Punkt sogar noch fester, aber schließlich gelang es ihr, aus ihrem warmen Nest herauszukommen. Sofort begann sie zu zittern. Das Feuer war bis zur Glut hinuntergebrannt. Die Kälte drang langsam ins Haus und triumphierte gegen die Wärme.

Lawrence wälzte sich herum und murmelte schläfrig: »Was machst du?«

Sie würde ihm auf jeden Fall nicht die Wahrheit sagen, das stand schon mal fest. »Ich lege ein weiteres Holzscheit auf das Feuer.«

Das war eine plausible Erklärung. Sie nahm ein Stück Holz und anstatt es achtlos hineinzuwerfen, wie er es getan hatte, legte sie es in den Kamin.

»Leg ruhig zwei nach«, riet er ihr, bevor er erneut zu schnarchen begann.

Sie schlüpfte schnell in ihren Mantel und ihre Schuhe und griff dann nach der Türklinke. Sie knarrte und er war kurz still, bevor er weiterschnarchte.

Sie erstarrte. Er schlief weiter und sie öffnete die Tür ganz.

Verdammt, war das hell. All das Weiß und der Sonnenschein sorgten dafür, dass sie die Augen zusammenkneifen musste. Sie stolperte durch den Schnee, es waren mindestens dreißig Zentimeter Neuschnee gefallen, und hinterließ eine klare Spur, aber sie hatte keine andere Wahl. Sie ging an der Seite der Hütte herum, bevor sie sich schließlich hinhockte. Die Handvoll Schnee, mit der sie sich sauber wischte, hätte ihr fast ihre Muschi abgefroren, und sie zog hastig ihre Hose hoch.

Sie wollte nicht daran denken, was sie tun würde, wenn sie groß musste. Plötzlich löste sich Schnee vom Dach und traf sie in einer eisigen Lawine, und sie schrie auf, besonders wegen des Schnees, der ihr in den Ausschnitt fiel und ihr den Rücken hinunterlief.

Als sie zur Hütte zurückstolperte, ihre Füße und Schuhe durchnässt und kalt, sah sie Lawrence in der Türöffnung stehen. Er lehnte sich dagegen. Zerzaust. Der Schatten eines Bartes zeigte sich auf seinem Kinn. Und er sah viel sexyer aus, als sie sich mit ihren unordentlichen Haaren und ihrem ekeligen Geschmack im Mund fühlte.

»Alles in Ordnung? Ich habe einen Schrei gehört. Hast du nach einem falschen Blatt gegriffen, um dich abzuwischen?«

Sie wäre am liebsten vor Scham im Boden versunken. Er wusste, dass sie pinkeln gewesen war. »Ich habe kein Blatt benutzt, sondern Schnee.«

»Das muss ziemlich kalt gewesen sein. Wenn ich das nächste Mal auf die Jagd gehe, versuche ich, etwas Besseres zu finden.«

»Dazu besteht kein Grund.«

»Du brauchst nicht so höflich zu sein. Ich weiß, wo ich einen Haufen Blätter finden kann, die wir benutzen können. Das ist zwar nicht so weich wie

Andrex Toilettenpapier, wird aber erst mal reichen müssen.«

»Können wir aufhören, darüber zu reden? Bitte?«

»Ich würde lieber weiter darüber reden.« Er grinste. »Dein Gesicht, einfach unbezahlbar.«

Dadurch röteten sich ihre Wangen nur noch mehr. »Das ist nicht witzig.«

»Jeder muss mal aufs Klo.« Er zwinkerte ihr zu. »Ich hatte eine Tante, die mir sogar eine Geschichte darüber vorgelesen hat.«

»Und noch mal, ehrlich, ich würde lieber nicht darüber reden.«

»Worüber sollten wir uns denn dann unterhalten?«

»Der Sturm ist vorbei.«

»Und es liegen dreißig Zentimeter Neuschnee. Was willst du damit sagen?«

»Wir sollten losgehen, solange es hell ist.«

»Du würdest innerhalb weniger Kilometer deine süßen Zehen verlieren.« Er zeigte auf ihre Füße.

»Aber als du mich letztes Mal entführt hast, hatte ich keine Probleme«, entgegnete sie.

»Da handelte es sich um einen Notfall. Diesmal werden wir uns einfach entspannen und darauf warten, dass die Kavallerie kommt.«

»Und wenn sie nicht kommt?«

»Dann sollten wir hoffen, dass es bald Frühling wird. Ich weiß ja nicht, wie's dir geht, aber ich fühle mich ziemlich schmutzig.« Und daraufhin zog er sein Hemd aus und ließ sich geradewegs in den Schnee fallen.

»Was machst du da?«

»Wonach sieht es denn aus?« Er bewegte die Arme und Beine und rollte sogar mit dem Kopf.

»Machst du einen Schneeengel?«, fragte sie ungläubig.

»Als würde ich so etwas Kindisches tun«, sagte er verächtlich. »Ich ebne nur einen Teil des Bodens vor unserem Haus, während ich gleichzeitig meine Haut reinige, indem ich sie mit Eiskristallen abreibe.«

»Das ist doch voll der Blödsinn«, rief sie, lachte aber dabei.

»Ach ja? Du solltest es auch mal probieren.«

»Es ist viel zu kalt, um sich auszuziehen.«

»Es ist ausgesprochen erfrischend.« Er sprang auf die Füße und drehte sich mit dem Rücken zu ihr, seine Haut feucht vom geschmolzenen Schnee. Und der Abdruck, der im Schnee übrig blieb, sah eher aus wie ein riesiger Dämon mit Umhang als ein Engel. »Und jetzt zur Vorderseite.«

Er würde doch nicht …

Und ob er würde. Er zog seine Hose aus und dann gleich auch noch die Unterhose, und sie sah, dass sein Hintern genauso sonnengebräunt war wie seine restliche Haut. Diesmal ließ er sich mit dem Gesicht zuerst in den unberührten Schnee fallen und begann erneut herumzuzappeln.

Sie musste wegschauen, bevor sie sich fragte, ob sein Schwanz vor Kälte geschrumpft war. Sie hockte sich hin und griff nach einer Handvoll Schnee, mit dem sie sich ihr Gesicht abrieb, das mit Ruß und Staub beschmutzt war. Ihre bereits kalte Haut wurde nicht so taufeucht wie seine.

»Sollen wir ein bisschen Schnee schmelzen, damit du dich im Waschbecken richtig waschen kannst?«

Und wie sie das wollte! Sie wirbelte herum, um es ihm zu sagen, und plötzlich hatte sie die Fähigkeit zu sprechen verloren. Erstens stand er näher, als sie gedacht hätte. Zweitens ... Sie ließ ihren Blick nach unten wandern.

Er war immer noch ausgesprochen nackt. Und der Schnee schien ihm überhaupt nichts auszumachen.

Oh mein Gott.

»Du hast nicht übertrieben, als du gesagt hast, dass du dich nackt wohlfühlst«, murmelte sie und die Röte in ihrem Gesicht stammte nicht nur von Verlegenheit.

»Man könnte behaupten, dass meine gesamte Familie da eher entspannt ist. Nacktheit ist für uns keine große Sache.«

»Die einen mehr die anderen weniger, würde ich sagen.« Sie hielt ihren Blick von seiner Leistengegend fern.

Er grinste. »Manche sogar sehr viel mehr.«

»Ist dir nicht kalt?«

»Ich bin ziemlich heißblütig, also kann ich solche Temperaturen besser ertragen als andere Leute.«

»Könntest du dir wenigstens eine Unterhose anziehen?«

»Was bist du doch prüde. Aber wenn du dich dann besser fühlst ...«

Sie wartete nicht darauf, dass er sich anzog,

sondern floh in die Hütte, wo sie ihre schneebedeckten Stiefel abstreifte und ihre feuchten, kalten Zehen ans Feuer hielt.

Er kam eine Weile später mit einem Arm voller Blätter herein, die er in einen Haufen neben das Holz fallen ließ. »Ich hole später noch mehr, wenn nicht mehr so viele da sind.«

Sie wechselte das Thema. »Ich habe einen Wahnsinnshunger. Glaubst du, dass die Suppe gut ist?«

Die Suppe war köstlich, dick und herzhaft und sie füllte ihre Bäuche. Als er auf die Jagd ging, öffnete sie die Fensterläden und säuberte das Fenster genug, um etwas helles Licht zu bekommen.

Sie putzte noch etwas mehr. Sie summte und fühlte sich seltsam zufrieden. Es gab im Moment so viele Dinge, die sie beunruhigten, und doch fand sie Gelassenheit darin, das Häuschen in Ordnung zu bringen und es gemütlicher zu machen. Sie schaffte es sogar, sich zusammenzureißen und nicht aufzuschreien, als etwas über den Boden huschte – und dann starb, als sie wiederholt mit dem Besen darauf einhieb.

Als Lawrence zurückkam, hatte er wieder Nüsse und ein paar fette Vögel dabei. Das Abendessen würde fantastisch werden.

Und mit den Federn, von denen es zwar nur wenige gab, machte er ihr ein Kissen für ihren Hintern. Wäre dies eine echte Verabredung gewesen, hätte sie es mit elf von zehn Punkten bewertet.

Abgesehen vom Flirten machte Lawrence keine

weiteren Annäherungsversuche. Das machte den Biss umso widersprüchlicher. Er musste wirklich unter Drogen gestanden haben, als er es getan hatte.

Während sie aßen, lächelte sie über seine Mätzchen, lachte über seine Witze und hatte tatsächlich Spaß. Ihr wurde klar, dass sie trotz ihres ersten Eindrucks einen Mann vor sich hatte, der ihrer Aufmerksamkeit wert war.

Er erwischte sie, wie sie ihn anstarrte, als er nach dem Abendessen den Abwasch erledigte.

»Was? Was habe ich jetzt schon wieder gemacht?«, fragte er mit gespielter Furcht.

»So oft schimpfe ich nun auch wieder nicht mit dir.«

»Ich weiß, deswegen mache ich es manchmal absichtlich, damit du schimpfst.«

»Es gefällt dir, mich wütend zu machen?«

»Mir gefällt alles an dir, kleine Erdnuss.«

»Oh.« Darauf konnte sie nichts erwidern.

»Hast du einen Freund?«

Die Frage kam völlig unverhofft und sie platzte heraus: »Nein«, bevor sie darüber nachdenken konnte.

»Gut.«

»Warum ist das gut?«

»Weil du nicht wie jemand aussiehst, der seinen Partner betrügt.«

»Tue ich nicht. Würde ich nie. Ich meine ... jetzt machst du es schon wieder«, sagte sie aufgebracht. »Du regst mich absichtlich auf.«

»Und was willst du dagegen tun?«

Eine interessante Frage. Sie konnte schimpfen und erröten, aber er neckte sie immer weiter. Sie musste einen besseren Weg finden, mit ihm zurechtzukommen. Einen Weg, ihn aus dem Gleichgewicht zu bringen.

Vielleicht musste sie ihre Taktik drastisch ändern. Er ließ das Geschirr zum Trocknen stehen und legte sich zu ihr auf die Decke.

Sie lehnte sich zu ihm hin und küsste ihn. Ihr Mund streifte seinen nur kurz, aber er atmete scharf ein.

»Wofür war der denn?«, fragte Lawrence.

»Ich war neugierig.«

»Und warum?«

Sollte sie zugeben, dass sie fasziniert von ihm war? Wie ihre Haut in seiner Nähe vom Kopf bis zu den Zehen prickelte? Und das auch noch ganz andere Stellen prickelten? »Hast du eine Freundin oder eine Frau?«

»Nicht wirklich.«

»Was soll das heißen?« Hatte sie gerade einen verheirateten Mann geküsst?

»Es ist kompliziert.« Er schenkte ihr ein schiefes Lächeln, das kein bisschen gegen ihre Enttäuschung half.

»Also bist du vergeben.«

Er schüttelte den Kopf und griff nach ihren Händen, deren Wärme ein tiefes Empfinden auslöste. Er zog sie zu sich heran. »Glaub mir, wenn ich dir sage, dass ich dir für alles, was du möchtest, zur Verfügung stehe.«

Hübsche Worte. Die Worte eines Betrügers. Sie zog ihm die Hände weg. »Ich werde auf keinen Fall deine Geliebte.«

»Das wirst du auch nicht. Ich bin mit niemandem zusammen, nur mit dir.«

»Das glaube ich dir nicht.«

»Ich bin nicht der Typ Mann, der seine Frau betrügt.«

»Das behauptest du. Mit wie vielen Frauen warst du schon zusammen?«

Er presste die Lippen zu einer dünnen Linie zusammen. »Das ist doch völlig irrelevant.« Und es bedeutete, dass es zu viele waren, als dass er es einfach zugeben konnte.

»Was war deine längste Beziehung?«

»Was war denn deine längste Beziehung?«, entgegnete er.

»Ich habe einmal viereinhalb Jahre geschafft.«

»Und warum hast du Schluss gemacht?«

»Weil sein Penis aus Versehen in jemand anderem gelandet ist. Und du hast meine Frage immer noch nicht beantwortet. Wie lange warst du schon mit jemandem zusammen?«

Da sie sich nicht genau ausdrückte, stellte er sich dumm. »Mit Dean bin ich schon über zehn Jahre befreundet. Und ich habe noch zu einem Großteil meiner Familie Kontakt.«

Sie sah ihn strafend an.

Er gab nach. »Einmal habe ich sechs Monate durchgehalten.« Aber nur, weil sie nicht im gleichen Land lebte. Schon nachdem sie sich ein paarmal persönlich getroffen hatten, machten sie miteinander Schluss.

»Sechs Monate.« Sie blinzelte verwirrt. »Was ist dein Problem?«

Er starrte sie überrascht an. »Warum denkst du, dass ich das Problem bin?«

»Du siehst unglaublich gut aus. Kein Mädchen würde mit dir Schluss machen, außer du bist ein echter Idiot. Oder …« Sie beendete den Satz nicht.

Er hakte nach. »Was, oder?«

»Du bist ausgesprochen schlecht, *du weißt schon wo.*« Sie versuchte, es bedeutungsvoll klingen zu lassen.

Er war fassungslos. »Das kann doch nicht dein Ernst sein. Hast du mich gerade wirklich beschuldigt, ein schlechter Liebhaber zu sein? Ich möchte, dass du weißt, dass ich bis jetzt noch jede Frau befriedigt habe.«

»Und woher soll ich das wissen? Du hast gerade praktisch zugegeben, dass du dich fast immer nur ein einziges Mal mit einer Frau triffst. Woher weißt du überhaupt, dass sie Interesse an dir haben?«

Diesmal blinzelte er überrascht. »Weil sie mich um mehr bitten.«

»Ich will ja nicht noch mal sagen, wie gut du aussiehst. Vielleicht haben ein paar von ihnen einfach gehofft, dass du doch nicht so schlecht warst, wie sie es in Erinnerung hatten.«

Diesmal entgleisten seine Gesichtszüge wirklich, und zwar so, dass sie ein Kichern nicht mehr zurückhalten konnte.

»Moment mal. Verarschst du mich etwa?«

»Nein. Vielleicht bist du wirklich schlecht im Bett.«

»Du kleines Luder.« Er klang eher amüsiert als entrüstet. Er stürzte sich auf sie und sie schaffte es nicht ganz außer Reichweite. Er grub seine Finger in ihre Rippen und fand heraus, wo sie kitzelig war.

Sie lachte heftig und unkontrolliert. Sie krümmte sich, konnte aber nicht ganz entkommen und wollte es auch nicht wirklich. Seltsam, wenn man bedachte, dass er gerade zugegeben hatte, dass er ein Mann für eine Nacht war.

Vielleicht war es das, was sie ansprach. Sex ohne Bedingungen. Nur eine körperliche Befriedigung. Es war so lange her, dass sie mit jemandem geschlafen hatte.

Die Stimmung in ihrem Kitzelkampf änderte sich, wurde verheißungsvoll. Sie hielten beide inne. Sie saß auf ihm, in der Mitte seines Körpers, ihre Hände auf seine Brust gestützt. Seine Hände, mit denen er sie gerade noch gekitzelt hatte, lagen jetzt bewegungslos auf ihrer Taille.

Sie beugte sich vor und küsste ihn. Kein kurzer Kuss. Kein kurzes Streichen ihrer Lippen über seine.

Sie küsste ihn mit offenem Mund, heißem Atem

und explodierender Leidenschaft, woraufhin sie sich auf den Rücken rollte. Er legte sich halb über sie und unternahm eine schüchterne Erkundungstour in ein heißes Territorium, die all ihre Nervenenden entflammte.

Das Feuer im Kamin knisterte, war aber nicht einmal halb so heiß wie ihr Verlangen. Sie klammerte sich an seine breiten Schultern und genoss jeden einzelnen seiner knabbernden Bisse. Sie wäre fast in Ohnmacht gefallen, wenn ihre Zungen sich trafen.

Als er sich mit den Lippen einen Weg nach unten bahnte, wand sie sich und keuchte. Sie sagte kein Wort, sondern half ihm vielmehr, ihre Bluse auszuziehen. Er schob die Körbchen ihres BHs beiseite, sodass er seinen kratzigen Kiefer an ihrer zarten Haut reiben konnte. Er schmiegte sich an sie. Leckte. Er saugte an ihrer Brustwarze und es durchfuhr sie wie angenehme elektrische Stöße, die dafür sorgten, dass sie bald vor Verlangen keuchte.

Er schob seinen Oberschenkel zwischen ihre Beine, während er mit ihren Brüsten spielte, damit sie etwas hatte, woran sie sich reiben konnte. Damit sie Luft holen und spüren konnte, wie sich die Sehnsucht weiter ausbreitete.

Als sie es zuließ, dass er mit der Hand in ihre Hose glitt, öffnete sie ihre Beine weiter, um seinen suchenden Fingern Zugang zu gewähren. Er streichelte sie und knurrte, ihre Brustwarze noch immer in seinem Mund: »Du bist feucht.«

Sehr feucht sogar.

Er ließ einen Finger in sie hineingleiten. Zwei. Es waren lange Finger, die wussten, was sie machen und wo sie streicheln mussten. Bald schon hatte er sie soweit, dass sie sich wand und zitterte, ihre Hüften anhob, um sich gegen seine Hand zu drücken, und er saugte mit dem Mund fest an ihren Brustwarzen und biss sie gelegentlich für diesen zusätzlichen Schock.

Als sie kam, wölbte sie den Rücken und ihre Beckenmuskeln verkrampften sich. Er ließ ihre Brust los und widmete sich ihrem Mund, sein Kuss war heiß und besitzergreifend.

Ihr Körper pochte in befriedigter, orgastischer Glückseligkeit. Er streichelte sie weiter, zog den Höhepunkt hinaus, schürte ihn und baute ihn auf.

Als er sich über ihr positionierte, war sie bereit. Mehr als bereit.

Sie wollte ihm gerade die Hose mit den Händen runterschieben, als er plötzlich von ihr heruntersprang und vor Anspannung zitterte.

»Was ist denn los?«, fragte sie.

»Bleib hier.« Er machte sich nicht die Mühe, sich irgendwas anzuziehen, nicht mal seine Schuhe. Er pirschte sich aus der Hütte heraus, trug nur seine Hose und sonst nichts, als er die Tür hinter sich schloss.

Der abrupte Wechsel vom Liebhaber zu einem Mann in Alarmbereitschaft veranlasste sie dazu, erst ihre Bluse, dann ihren Mantel und die Schuhe anzuziehen. Die zusätzlichen Nüsse steckte sie in ihre Taschen, nur für den Fall, dass sie weglaufen mussten.

Die Minuten vergingen. Er kehrte nicht zurück.

Sie hörte kein einziges verdammtes Geräusch, außer das Knistern des Feuers.

Als sie die Hütte verließ, bemerkte sie, dass die Dämmerung hereinbrach. Keine Spur von Lawrence.

Er hatte sie sicher nicht einfach verlassen. Nicht ohne seine Kleidung.

Vielleicht war er gegangen, um eine Falle zu überprüfen. Aber doch sicher nicht, während sie ... Sie errötete bei dem Gedanken und ihre Muschi zuckte. Da sie nicht wollte, dass er dachte, sie würde ihn suchen, schnappte sie sich ein paar Blätter und ging ums Haus. Sie hatte zuvor entdeckt, dass der Holzstapel eine gute Deckung bot, sodass sie kaum sichtbar war, wenn sie pinkeln musste.

Die Blätter fühlten sich nicht so gut an, wie der Schnee es wahrscheinlich auf ihrer erhitzten Haut getan hätte. Als die Sonne unter die Baumgrenze tauchte, wurde die Umgebung schnell von der Dunkelheit verschluckt. Immer noch war Lawrence nicht wiederaufgetaucht.

Sie wollte gerade wieder hineingehen, als sie am Waldrand erschien – eine riesige Katze. Es musste sich um einen Puma handeln. Oder einen Berglöwen. Die Spezies spielte keine Rolle. Sie würde darauf wetten, dass das Tier hungrig war.

Als es auf sie zukam, gesellten sich zwei weitere zu ihm. Sie umkreisten sie, starrten entschlossen, ihr tiefes Grollen war ein Hinweis auf das, was als Nächstes kommen würde.

Sie hatte eine Entführung und einen Schneesturm

überlebt, hatte gerade den besten Orgasmus ihres Lebens gehabt und stand nun kurz davor, von diesen wilden Tieren gefressen zu werden. Moment mal, hatten sie Lawrence bereits getötet?

Der Gedanke machte sie traurig, auch wenn sie ihn kaum kannte. Aber sie durfte sich davon nicht beeinflussen lassen. Nicht, wenn auch ihr Leben auf dem Spiel stand. Sie würde nicht einfach oder leise sterben. Sie lief zur Tür der Hütte und die Katzen sprangen durch den Schnee, wobei eine von ihnen einen Satz nach vorne machte, um ihr den Weg abzuschneiden.

Oh, scheiße!

Sie stellte sich mit dem Rücken zur Wand des Gebäudes und versuchte, alle drei Katzen im Blickfeld zu behalten. Eine von ihnen pirschte sich nach vorne. Zitternd wie Espenlaub erstarrte Charlotte. Die Katze schob ihr Gesicht direkt zwischen ihre Beine.

Das löste einen lauten Schrei aus, der dazu führte, dass plötzlich eine weitere Katze auf die Lichtung stürmte. Es war ein riesiger gestreifter Löwe, der brüllte, und dann war der Löwe Lawrence, der rief: »Was zum Teufel macht ihr da, ihr verrückten alten Katzen? Hört auf, meiner kleinen Erdnuss Angst einzujagen.«

»Spielverderber.«

Charlotte blinzelte, und dennoch war die riesige Katze mit ihrem goldenen Fell verschwunden und an ihrer Stelle stand eine riesengroße Frau, die ausgesprochen nackt war.

Die beiden anderen Katzen waren plötzlich auch Menschen und Charlotte wurde klar, dass sie wahrscheinlich träumte. Oder sie hatte einen Albtraum. Irgendetwas in der Art. Weil die Leute sich nicht in Katzen verwandelten.

»Kleine Erdnuss.« Lawrence' sanfte Stimme riss sie aus ihren Gedanken. »Sieh mich an. Es ist alles in Ordnung.« Er nahm sich seine Hose von einem Busch und fing an, sich anzuziehen.

»Das ist nicht real«, murmelte sie. »Leute sind keine Katzen.« Es musste an der Suppe liegen, die wahrscheinlich doch abgelaufen war.

»Nicht alle Leute. Nur Gestaltwandler.«

Sie starrte ihn an und schüttelte den Kopf. »Gestaltwandler gibt es nicht.«

»Du hast ja wohl mit eigenen Augen gesehen, dass es sie doch gibt.«

»Nein. Das war nicht real. Katzen können sich nicht in Menschen verwandeln. Du bist kein Löwe. Das ist alles nur ein Traum. Ein Albtraum. Vielleicht gibt es nicht mal eine Hütte und wir sind nie in den Wald entkommen.« Sie brabbelte, während sie sich am Rand des Häuschens entlangschlängelte und versuchte, etwas Abstand zwischen sich und die nackten Menschen zu bringen. Sie fühlte sich übertrieben angezogen und war sehr verwirrt. »Vielleicht liege ich irgendwo mit Unterkühlung im Koma und bilde mir nur ein, dass das alles passiert.«

»Du träumst nicht, kleine Erdnuss. Ich weiß, dass das alles ein bisschen merkwürdig für dich sein muss.«

Er schloss noch die restlichen Knöpfe an seiner Hose, blieb aber auch weiterhin barfuß und ohne Hemd im Schnee stehen.

»Ein bisschen merkwürdig?« Ein hysterisches Kichern kam ihr über die Lippen. »Du bist ein riesiger, verdammter Löwe!«

»Also, tatsächlich bin ich eigentlich ein Liger.«

»Ein was?«

»Ich bin, was man einen Hybriden nennt. Halb Löwe, halb Tiger.«

»Natürlich bist du das.« Jetzt hatte sie endlich den Grund dafür gefunden, warum er keine Frau halten konnte. Er tat gern so, als wäre er ein Tier. »Lass mich raten, diese Frauen gehören irgendeiner verrückten Kommune an.«

»Tatsächlich sind wir seine Tanten. Und wer bist du?«, fragte die Frau mit dem dunkelsten Haar, das graue Strähnen hatte, arrogant.

Lawrence stellte sie einander vor. »Meine Tanten, das hier ist Charlotte. Charlotte, Tante Lena, Tante Lenore und Tante Lacey.« Er zeigte nacheinander auf sie.

»Ihr seid mit ihm verwandt«, stellte sie fest.

»Sein Vater war unser Bruder«, erklärte die größte der Tanten.

»Unser sehr viel älterer Bruder«, fügte die Blondeste der drei hinzu. »Ich bin übrigens Lacey. Die Mollige ist Lenore und die mit dem Mundwerk wie ein Fuhrkutscher heißt Lena.«

»Ich sage lieber gleich, was ich denke, das ist

besser, als sich zu verstellen«, erwiderte Lena düster und schüttelte ihr unordentliches, silbergraues Haar.

Lenore mit den dunklen Haaren mit hellen Strähnen und diejenige, die ihr die Nase zwischen die Beine gesteckt hatte, runzelte die Stirn. »Lawrence, ist das etwa …«

Bevor seine Tante zu Ende reden konnte, warf er sich auf sie und umarmte sie, was, wie Charlotte zugeben musste, seltsam war. Halbnackte Neffen umarmten keine nackten Tanten. Oder verwandelten sich in Löwen. Hatte er ihnen ein paar Pilze in die Suppe gemischt?

»Bei euch herrschen ausgesprochen merkwürdige Familienverhältnisse«, sagte sie, bevor sie sich an den nackten, amazonenartigen Damen vorbeischlängelte, um in der Hütte nach Drogen zu suchen.

Kapitel Neun

»Du sollltest besser zu reden anfangen, und zwar schnell«, drohte Tante Lenore.

»Ich freue mich auch, dich zu sehen«, knurrte er.

»Sei nicht so frech.« Lena schüttelte den Finger in seine Richtung und während es einem Menschen vielleicht unangenehm war, mit drei nackten Familienmitgliedern konfrontiert zu werden, hatten die Gestaltwandler nicht dieselben Tabus in Bezug auf Nacktheit. Für sie war Haut wie Pelz, und Kleidung war einfach ein Kostüm, das sie tragen mussten, um vorzugeben, dass sie menschlich waren.

»Es tut mir leid. Ich hätte mich bedanken sollen, dass ihr gekommen seid, um mich zu retten. Ihr seid nur ein wenig schneller gewesen, als ich es erwartet hatte.« Er hatte gedacht, er hätte noch bis später an jenem Abend oder sogar bis zum nächsten Morgen Zeit.

»Nennst du uns etwa alt und langsam?« Lenore

regte sich schon über die kleinste Anspielung auf, selbst wenn sie sich nur etwas einbildete.

Doch anstatt sie aufzuklären, neckte er sie. »Immerhin trägst du mittlerweile Pantoffeln.«

»Das sind nicht nur irgendwelche Pantoffeln, sondern Einhornflamingos«, erklärte sie und reckte trotzig das Kinn. »Sie gefallen mir, weil sie so süß sind. Deswegen bin ich noch längst nicht alt.«

»Doch, bist du«, prustete Lena, was ihr einen bösen Blick einbrachte.

Lacey mischte sich ein, bevor die Dinge eskalieren konnten. »Das ist jetzt nicht der richtige Zeitpunkt, Schwestern.«

»Ja, wir sollten uns jetzt wieder auf unseren dämlichen Neffen und die Tatsache, dass er hier Familie spielt, kümmern.«

»Ich wünschte, wir hätten es gewusst, bevor wir mit dem Schneemobil hergekommen sind«, grummelte Lenore.

Als sie das erwähnte, spitzte Lawrence die Ohren. »Sind sie weit weg geparkt? Ich dachte schon, dass ich Motorengeräusche gehört hatte.« Die Tatsache, dass sie Gefährte hatten, würde ihre Rückreise um einiges schneller machen.

»Als hättest du uns kommen gehört«, höhnte Lenore. »Wir haben über einen Kilometer weit entfernt geparkt.«

»Etwas über einen Kilometer? Also nicht allzu weit weg.«

»Wir dachten, du steckst vielleicht in Schwierigkeiten, und haben uns angeschlichen«, erklärte Lacey ihm.

»Ich war auch in Schwierigkeiten, doch es gelang mir zu entkommen. Ganz allein«, betonte er.

»Das ist ja wirklich toll für dich. Ich würde sagen, dann drehen wir uns um und gehen wieder.«

In geschlossenem Einvernehmen rügten die Tanten ihr Kind und taten so, als würden sie wieder gehen. Und das hätten sie auch getan, wenn er nicht die magischen Worte gesagt hätte. »Und obwohl es mir natürlich gelungen ist, aus der gefährlichen Situation zu entkommen, könnte ich eure Hilfe dabei gebrauchen, aus diesen Wäldern herauszukommen.«

»Wie bitte?«, hakte Lena nach. »Ich habe dich nicht ganz verstanden.«

»Ich habe euch gebeten, mir bitte zu helfen.«

»Aber erst, wenn du uns sagst, was passiert ist. Wer ist das Mädchen?«, verlangte Lenore zu erfahren.

»Das würde ich auch gern wissen. Sie hat irgendetwas an sich ...« Lacey beendete den Satz nicht und sah stattdessen zur Hütte.

»Sie hat etwas Merkwürdiges, aber Vertrautes an sich«, fügte Lena hinzu.

»Ihr blöden Kühe. Seid ihr etwa blind?«, fluchte Lenore. Anscheinend war ihr aufgefallen, was die anderen nicht bemerkt hatten. »Sie hatte Bissspuren an ihrem Hals.« Sie kniff misstrauisch die Augen zusammen. »Du hast sie zu deiner Lebensgefährtin gemacht.«

»Er hat was?«, kreischte Lacey. Wahrscheinlich

war sie eher sauer, weil er es getan hatte, ohne sie vorher die Hochzeit planen zu lassen. Die Tatsache, dass sie nur einen einzigen Neffen hatte, hielt seine Tante nicht davon ab, ein Buch anzulegen, in dem sie Ideen für seine Hochzeit sammelte – und darüber hatte er überhaupt keine Kontrolle.

Lenore nickte. »Er hat es getan. Er hat das Mädchen gebissen …«

»Die Frau«, verbesserte er, was ihm einen weiteren bösen Blick einbrachte.

»Noch dazu eine Menschenfrau«, erwiderte Lena und verzog das Gesicht.

»Also, das erklärt wenigstens, warum sie merkwürdig riecht«, lautete Laceys Beitrag zu dem Thema.

Er fand ihren Duft ganz wunderbar.

»Er kann nicht fürs Leben gebunden sein«, widersprach Lena. »Der Junge ist wie wir, ein Freigeist.«

»Das war er mal«, korrigierte Lenore sie. »Ich weiß genau, was ich gesehen habe.«

»Nichts als Lügen«, zischte Lena.

»Das glaube ich nicht. Sieh dir nur sein Gesicht an.« Seine Tante Lacey sah zwar keine Spur glücklicher aus, doch ihre Stimme war ein wenig weicher, als sie sagte: »Sag es uns, Knurri.« Sie benutzte einen Spitznamen. Denn als Baby hatte er anscheinend ein ausgesprochen süßes Knurren gehabt. »Erzähl uns, was passiert ist.«

Sollte er zugeben, was er getan hatte? Seine Tanten würden wahrscheinlich durchdrehen. Doch wenn er log, würden sie wahrscheinlich seiner kleinen Erdnuss etwas antun. »Versprecht mir erst mal, dass niemandem etwas geschieht. Mir nicht und ganz besonders ihr nicht.«

Einen Moment lang dachte er, sie würden ablehnen. Lena wollte gerade etwas sagen, doch Lacey legte ihr die Hand auf den Arm und schüttelte leicht den Kopf.

»Wir versprechen dir, dass wir der Frau nichts tun werden«, knurrte Lena.

»Sie heißt Charlotte.« Am besten brachte er sie sofort dazu, sie als Person zu sehen. Als eine wichtige Person. Er wusste jetzt schon, dass sie es nicht gut aufnehmen würden. Das taten sie nie.

»Charlotte, so wie die böse Spinne aus dem Kinderbuch, die dich in ihr Netz geschleppt hat?« Lena sah misstrauisch zur Hütte hinüber. »Hat sie dich dazu gezwungen, sie als die Deine zu markieren?«

»Wohl kaum«, entgegnete er trocken. »Sie weiß noch nicht mal, was es mit dem Biss auf sich hat.«

Tante Lenore verpasste ihm einen Schlag. »Du verdammter Idiot! Du hast die Regel gebrochen!« Und zwar die Regel, die besagte, dass man niemanden beißen sollte, bis diese Person auch wusste, was der Biss bedeutet.

»Aber ich habe mildernde Umstände verdient«, grummelte er. »Es ist aus Versehen passiert, als ich unter Drogeneinfluss stand.«

»Du hast dich zugedröhnt und das Mädchen gebissen?«, kreischte Lenore. »Ich dachte, wir hätten dich besser erzogen.«

Es gelang ihm auszuweichen, als sie nach ihm schlug, und er antwortete schnell: »Ich habe die Drogen nicht absichtlich genommen. Die Typen, die mich entführt haben, haben mir irgendetwas gespritzt.«

Daraufhin hörte seine Tante Lenore auf zu versuchen, ihn zu schlagen. Sie runzelte die Stirn. »Jemand hat dich entführt?«

»Wie kommt es, dass wir erst jetzt etwas davon erfahren?«, fuhr Lena ihn an.

Und so konnte er seinen besten Spruch vom Stapel lassen. »Wenn ihr mich vielleicht ein wenig früher ausfindig gemacht hättet ... wenn ihr bemerkt hättet, dass euer wertvoller Neffe, der für euch wie ein Sohn ist, verschwunden war ...«

»Woher hätten wir denn wissen sollen, dass du nicht herumstreunst?«, beschwerte sich Lena.

»Du sagst doch immer, dass du Freiraum brauchst«, fügte Lacey hinzu.

»Anscheinend ist es einfach nur so, dass niemand mich liebt.« Er seufzte theatralisch.

Lenore schnaubte. »Du bist wirklich ein kleines Arschloch.«

Er zwinkerte ihr zu. »Ich hatte ja auch hervorragende Lehrer.«

»Das hattest du, und deswegen weiß ich auch, dass du nur versuchst, Zeit zu schinden, anstatt es uns zu erklären.« Lenore schnippte mit den Fingern. »Jetzt erzähl uns schon, was sonst noch los war.«

»Was sonst noch los war? Ich war nicht ich selbst, als ich sie gebissen habe.«

»Und standest du auch noch unter Drogen, als du sie gef...«

»Lena!«, kreischte Lacey. »Wage ja nicht, es laut auszusprechen.«

»Na gut, das werde ich nicht, da wir es alle riechen können. Und ich glaube, uns sollte besser jemand erklären, warum er mit ihr geschlafen hat, wenn er sie nur aus Versehen gebissen hat.«

Die Tatsache, dass er sich nicht selbst helfen konnte, würde dafür sorgen, dass die Tanten noch weitere spitze Bemerkungen machten. Also konzentrierte er sich stattdessen darauf zu erklären, wie sie bei der Hütte angekommen waren. »Ich wurde während des Empfangs entführt ...« Er schmückte die Geschichte aus und behauptete, dass die Männer sowohl mit Viehstöcken als auch mit Gewehren bewaffnet waren. Er erzählte weiter von der mysteriösen Chefin, ihrer Überzeugung, dass er wusste, wo ein bestimmter Gegenstand gefunden werden konnte, und dass sie die Art von Droge besaß, die ihn zum Reden bringen sollte. Eine Droge, die anscheinend unbeabsichtigte Folgen für Gestaltwandler hatte. War seine Reaktion eine Anomalie oder etwas, dessen sie sich bewusst sein sollten?

Tante Lacy schien nachdenklich zu sein. »Ich habe schon von einigen Pflanzen gehört, die uns außer Gefecht setzen können, allerdings nicht so lange, wie es bei dir anscheinend der Fall war.«

»Vielleicht eine besonders starke Variante«, bemerkte Lenore. »Wir müssen herausfinden, was sie benutzt haben, und unsere Wissenschaftler damit experimentieren lassen.«

Denn etwas, das gefährlich für einen von ihnen war, war gefährlich für alle.

»Jedenfalls bin ich dann hier aufgewacht, kurz bevor der Sturm losgebrochen ist«, fuhr er fort.

»Und danach bist du ja nicht weit gekommen, als der Sturm vorbei war.« Lena neigte den Kopf.

»Ich habe darüber nachgedacht, habe mir aber überlegt, dass Charlotte die Kälte und den Schnee nicht so gut ertragen kann. Ich hielt es für das Beste, eure Ankunft abzuwarten.«

»Das erklärt auch, warum du das schmutzigste Feuer aller Zeiten entzündet hast. Man konnte es kilometerweit riechen«, beschwerte sich Lena.

»Als würdet ihr Hilfe brauchen. Wann hat der Satellit meinen Aufenthaltsort angezeigt?« Denn seine Tanten hatten einen Chip einsetzen lassen und verfolgten ihn seit seinem einwöchigen Trinkausflug, als er Anfang zwanzig war, bei dem sie fast vor Sorge durchgedreht hätten.

»Wir haben dein Signal am Nachmittag nach der Party aufgefangen, hauptsächlich deshalb, weil wir erst gegen Mittag angefangen hatten, uns Sorgen zu machen, als du nicht mehr zum Hotel zurückkamst. Wir alle wissen, wie sehr du es hasst, bei deinen Eroberungen zu übernachten.« Tante Lenore kannte ihn gut.

Bei seinen Eroberungen zu übernachten führte zu

Gesprächen und zu Erwartungen, die er lieber vermied. Er war tatsächlich ein Arsch. Aber zu seiner Verteidigung muss gesagt werden, er hatte zumindest versucht, mehr als nur ein paar Verabredungen mit den letzten Frauen zu haben, die er kennengelernt hatte. Drei bis sechs Verabredungen. Das war das Maximum, das er durchhielt, bevor er sich die Nächste suchte.

»Wenn ihr es schon am Nachmittag abgefangen habt, waren wir noch im Bauernhaus. Wir müssen einander verpasst haben.«

»Eigentlich nicht«, erklärte Lacey leicht säuerlich. »Jemand war schlecht drauf und wollte nicht auf einen Ausflug gehen.«

»Der Ausflug führte mitten ins Nirgendwo. Natürlich hatte ich keine Lust darauf«, entgegnete Lenore eingeschnappt.

»Aufgrund der Verzögerung«, erklärte Lacey weiter, »sind wir erst am Mittag des nächsten Tages losgezogen, als uns klar wurde, dass dein Signal jetzt von irgendwo aus einem unbewohnten Waldstück kam.«

Er zog eine Augenbraue hoch. »Und da habt ihr euch dann endlich Sorgen gemacht? Da fühle ich mich ja wirklich geliebt.«

»Hör schon auf. Es geht dir gut. Bist du nicht derjenige, der immer wieder behauptet, schon ein großer Junge zu sein?«, erinnerte Lena ihn. »Aber wir wissen natürlich auch, dass du ein Idiot bist, also beschlossen wir, nach dir zu suchen, und kamen bei dem Bauernhaus an, gerade als der Sturm losbrach.

Nicht dass das eine Rolle gespielt hätte. In den Ruinen gab es nichts zu finden.«

»Was denn für Ruinen?«

»Das Haus wurde angezündet, wahrscheinlich gleich, nachdem ihr geflohen wart, denn die Asche war noch frisch. Das Feuer war ziemlich heftig und dank des Schnees haben wir überhaupt nichts herausfinden können.« Lenore verzog das Gesicht. Sie war stolz darauf, eine gute Fährtenleserin zu sein.

»Und als meine mich liebenden Tanten wusstet ihr einfach, dass ich noch am Leben war und Schwierigkeiten hatte und nicht tot war.«

»Ich wusste es«, erklärte Lena. »Aber diese hier hat wie ein Baby geheult.« Sie zeigte auf Lacey.

»Einige von uns haben eben ein Herz.«

»Weichei.«

»F...«

Lenore räusperte sich. »Ich erinnerte sie daran, dass du laut deines Ortungsgeräts bereits weiter vom Farmhaus entfernt warst.«

»Das bedeutete aber noch längst nicht, dass er am Leben war«, beharrte Lacey.

»Tote verursachen keinen Rauch«, erinnerte er sie.

»Es hätte ja auch jemand anderes sein können. Vielleicht hatte einfach jemand eine riesige Grillparty veranstaltet. Wir wussten nicht, wer das Feuer angezündet hat, bis wir nahe dran waren.« Lacey rang die Hände und es war offensichtlich, wie sehr sie sich sorgte.

Lena schüttelte den Kopf. »Ich kann immer noch

nicht glauben, dass du deine Position so offensichtlich für alle preisgegeben hast. Du musst doch wissen, dass wir dich auch ohne das gefunden hätten.«

»Charlotte hat gefroren«, erklärte er.

Drei Augenpaare starrten ihn an, aber es war Lenore, die leise sagte: »Und? Wenn du dich nur aus Versehen mit ihr vereinigt hast, dann wäre es eine nahe liegende Entscheidung gewesen, sie den Elementen zu überlassen.«

Nahe liegend wäre es schon gewesen, allerdings kam es überhaupt nicht infrage, doch anstatt das erklären zu müssen, wechselte er lieber das Thema. »Wo habt ihr die Schneemobile geliehen?«

»Eigentlich haben wir sie uns nicht ausgeliehen«, gab Lena zu.

»Das bedeutet, ihr habt sie gestohlen.« Lawrence seufzte. »Was habe ich euch gesagt?«

Lena runzelte die Stirn und seufzte: »Dass wir vorher fragen sollen.«

»Genau, denn die Leute sind normalerweise um einiges glücklicher, wenn man ihnen Geld gibt, anstatt ihre Sachen einfach zu stehlen.«

»Teilen ist doch wichtig«, entgegnete Lena eingeschnappt. »Und wir brauchen sie ja nur für ein paar Stunden. Sie sollten sich darüber freuen, dass sie uns einen Gefallen tun können.«

»Natürlich sollten sie das.« Am liebsten hätte er mit dem Kopf gegen die Wand geschlagen. Seine Tanten lebten wirklich in ihrer eigenen Welt.

»Lass es nicht zu, dass er die ganze Sache umdreht

und mit uns schimpft«, bellte Lenore. »Schließlich ist er es, der in Schwierigkeiten steckt. Er hat sich mit dem Mädchen vereinigt.«

»Sie heißt Charlotte.«

»Das mag schon sein. Aber du hast eine Menschenfrau markiert.«

»Ich war nicht bei klarem Verstand.«

»Und dann hast du es noch schlimmer gemacht, indem du ... indem du ...«

Lacey konnte es nicht sagen, also war Lena so grausam und tat es. »Du hast sie zum Schreien gebracht. Jetzt besteht keine Möglichkeit mehr, eure Verbindung zu brechen.«

»Das hatte ich auch nicht vor«, sagte er, als ihm klar wurde, dass es ihm tatsächlich gar nichts ausmachte. Seine kleine Erdnuss hatte etwas an sich, das dafür sorgte, dass er sich merkwürdig benahm. Und sich anders fühlte.

»Jetzt ist es zu spät für Reue«, schnaubte Lena. »In guten und in schlechten Zeiten, ihr seid jetzt für alle Zeit miteinander verbunden. Bis dass der Tod euch scheidet.«

»Brauchst du vielleicht Hilfe bei dem letzten Teil?«, fragte Lenore ihn und ließ ihre Knöchel knacken.

»Nein. Aber ihr könnt schon mal diese Schneemobile holen, während ich versuche, einen Weg zu finden, Charlotte das alles zu erklären.« Sie hatte nicht gerade beeindruckt ausgesehen, als sie zur Hütte stolziert war.

»Du willst es erklären?« Lena bog sich vor Lachen. »Wie willst du ihr denn erklären, dass du nicht nur ein riesiger verdammter Liger bist, sondern dass sie jetzt auch deine Frau ist?«

Die Tür wurde aufgerissen. »Seine was?«

Jetzt erschauderte er stärker als damals, als er in den Eissee gesprungen war. »Ich kann es erklären.«

Kapitel Zehn

»ICH BEZWEIFLE STARK, DASS EINER VON EUCH MIR das erklären kann.« Denn Charlotte konnte sicherlich nicht begreifen, wie aus Löwen nackte Damen werden konnten. Und um keinen Irrtum aufkommen zu lassen, sie meinte nicht die nackten Sängerinnen, sondern die Art, die einen stählernen Blick hatte und sie mit ihren Krallen in Fetzen reißen könnte.

Und Lawrence war nicht nur mit ihnen verwandt, sondern einer von ihnen. Mit was für einem Freak hatte sie sich zusammengetan?

Sie wünschte, sie wäre geblieben, um zuzuhören, anstatt in die Hütte zu stürmen, nur um festzustellen, dass ihr wütendes Schreien und das Geräusch des knisternden Feuers bedeuteten, dass sie nicht verstehen konnte, was gesagt wurde. Stimmen stiegen und fielen, während sie sich noch mit dem auseinandersetzte, was sie gesehen hatte.

Nur dass sie es nicht verstehen konnte. Menschen

waren keine Tiere. Und umgekehrt. Sie müssen Kostüme getragen haben, die sie weggeworfen haben, um sie zu konfrontieren.

Und was war mit Lawrence? Er war in einer Hose gegangen und nackt zurückgekehrt, weil er sein Liger-Kostüm ausgezogen hatte. Nur dass sie sich nicht daran erinnerte, irgendwelche Kostüme auf dem Boden gesehen zu haben.

»Mir ist schon klar, dass dir das alles ein bisschen komisch vorkommen muss, kleine Erdnuss.«

»Ein bisschen? Ich denke, *ein bisschen* haben wir alle schon längst hinter uns gelassen, *Lawrence.*« Sie betonte seinen Namen.

»Wenn du gern wüsstest, wie er mit ganzem Namen heißt, er lautet Lawrence Gerome Luke Walker«, erklärte die Frau, die Lena hieß. Sie trug ihr Haar in einem kurzen, gekräuselten Schnitt, ihr Haar eine Mischung aus Gold und Grau. Ihr Gesicht war wettergegerbt, aber dennoch attraktiv.

Alle drei Frauen waren schön, und sie musste es wissen, denn sie wandte den Blick nicht von ihren Gesichtern ab. »Wer seid ihr?«, fragte sie.

»Ich bin Lena. Seine Lieblingstante«, erklärte die Dame mit dem kurzen Haar.

Die Dame mit dem dunkleren Haar mit den silbernen Strähnen schnaubte. »Also bitte, wir wissen doch alle, dass ich seine Lieblingstante bin. Ich bin seine Tante Lenore. Er hat mich wahrscheinlich schon erwähnt.«

»Nur wenn er dich verjagen wollte, was er offensichtlich nicht will. Ignoriere sie einfach, meine Liebe. Ich bin seine Lieblingstante, Lacey. Meine Schwestern können es einfach nicht ertragen, wenn unser Junge es mit jemandem ernst meint. Ich bin mir sicher, dass deine Mutter mit dir genauso ist.«

»Ich habe keine Mutter.«

»Das macht die Dinge natürlich einfacher«, stellte Lacey fest, was ihr eine Rüge von Lawrence einbrachte.

»Tante Lacey!«

»Was ist?« Sie blinzelte unschuldig.

Charlotte hatte keine Ahnung, was er meinte, als Lawrence zischte: »Wage es ja nicht, damit anzufangen.«

»Wer, ich?«

Als sie erneut unschuldig mit den Wimpern klimperte, stöhnte er. »Du hast diesen hinterhältigen Blick in deinen Augen.«

»Ich weiß gar nicht, was du meinst.« Lacey betrachtete Charlotte von oben bis unten, bevor sie fragte: »Hast du eine Lieblingsfarbe?«

»Was?«

»Sag es ihr nicht«, fuhr Lawrence sie an, ein panischer Ausdruck in den Augen.

»Also wirklich, Knurri, wie soll ich denn neue Ideen in mein Buch aufnehmen, wenn ich sie nicht frage?«

»Was denn für ein Buch?«, fragte sie.

»Das mit der Hochzeitsplanung natürlich. Denn

ihr werdet euer Ehegelübde vor Freunden und Familie wiederholen.«

»Vielleicht will er es nicht vor einem Publikum tun«, erklärte Lena.

»Ich heirate euren Neffen nicht«, lautete Charlottes Beitrag.

»Nach dem, was er mit dir gemacht hat, ist das nur logisch, meine Liebe.«

Woher wussten sie das? Spielte es überhaupt eine Rolle? Ihre Wangen röteten sich. »Ich weiß ja nicht, welcher merkwürdigen Sekte ihr entsprungen seid, aber die Tatsache, dass wir miteinander rumgemacht haben, bedeutet noch längst nicht, dass wir jetzt verheiratet sind. Tatsächlich habe ich nicht einmal vor, ihn jemals wiederzusehen, wenn wir erst mal aus diesem Wald heraus sind.«

Aus irgendeinem Grund sorgte das zuerst für erstaunte Gesichtsausdrücke und dann schallendes Gelächter.

»Oh, das wird ein Spaß«, kicherte Lenore.

»Wir sollten gehen und den beiden ein wenig Privatsphäre geben, damit sie sich unterhalten können«, bemerkte Lacey und versuchte, die anderen Frauen wegzuziehen.

»Ich möchte hierbleiben und zuhören.« Lena sträubte sich.

»Gib dem Jungen ein wenig Freiraum«, beharrte Lacey und die Tanten entfernten sich. Erst waren sie langbeinige Frauen und dann verwandelten sie sich in Löwinnen.

Charlotte blinzelte.

Nein, sie waren immer noch riesige Katzen, und das war sogar noch wichtiger als die Tatsache, dass sie anscheinend mit Lawrence verheiratet war. »Was zum Teufel ist hier los? Träume ich?«

»Nein.«

»Aber wie ... handelt es sich um Magie? Sind deine Tanten Hexen oder so was?«

»Nein. Auch wenn sie manchmal so lachen. Wie ich schon versucht habe, dir zu erklären, sie sind Gestaltwandler.«

»Heißt das, sie können sich verwandeln, in was sie wollen?«

»Nur in Löwen«, verbesserte er sie. »Gestaltwandler haben normalerweise nur ein einziges inneres Tier. Außer sie sind Hybriden, dann können sie sich je nach Willenskraft und Stärke manchmal mehr in das eine oder das andere Tier verwandeln.«

»Moment, du hast Gestaltwandler in der Mehrzahl gebraucht. Bedeutet das, dass es noch mehr von euch gibt?«

»Tatsächlich gibt es eine ganze Reihe verschiedener Arten.«

»Zum Beispiel Wölfe.«

»Und Bären. Das sind die Hauptgruppen. Vor ein paar Jahrzehnten gab es auch noch Adler, doch die sind aufgrund der Vogelgrippe fast vollständig ausgestorben.«

Sie rieb sich die Stirn. »Deine Tanten sind Gestaltwandler und du auch.«

Er nickte, und bevor sie ihn darum bitten konnte, zeigte er es ihr. In einem Moment war er ein großer Mann und im nächsten eine riesige Katze. Er sah anders aus als alles, was sie jemals gesehen hatte. Sein Körper und seine Mähne schienen hauptsächlich löwenähnlich zu sein, doch sein Fell war teilweise gestreift wie das eines Tigers.

Sie wippte auf den Fersen und widerstand dem Drang zu fliehen. »Ich kann es nicht glauben. Du bist ein verdammter Werlöwe.« Und wenn sie auch nur annähernd so waren wie die Werwölfe in den Legenden ... Plötzlich machte sie große Augen und hielt sich mit der Hand den Hals. »Du verdammtes Arschloch. Du hast mich gebissen. Bedeutet das, dass ich mich jetzt auch in ein Tier verwandele?«

Er musste sich erst zurückverwandeln, bevor er antworten konnte. »Wir sind nicht ansteckend.«

»Das behauptest du. Hast du all deine Impfungen bekommen?«

»Dazu besteht kein Grund. Gestaltwandler sind in der Regel ausgesprochen gesund.«

»Das ist ja toll für dich.« Und noch dazu hatte sie nur sein Wort, dass sie sich beim nächsten Vollmond nicht in ein Monster verwandeln würde.

»Hör zu, ich weiß, dass das ziemlich heftig ist.«

»Ach was, glaubst du wirklich?« Ihre Stimme triefte vor Sarkasmus. »Dann erzähl mir mal, wie Werlöwen überhaupt entstehen. Habt ihr Eltern? Oder sind diese Tanten eher Leute, die dich bei sich aufgenommen haben, als du dich in ein Fellknäuel verwandelt hast?« Denn sie hatte immer noch Probleme damit, sich damit abzufinden, dass das alles real war. Wenn Leute plötzlich Welpen bekamen, würde die Welt es dann nicht wissen?

»Sie sind meine Familie. Sie haben mich aufgezogen, nachdem meine Eltern gestorben waren. Denkst du, ich würde mir sonst von ihnen so auflauern und mich so von ihnen behandeln lassen?«

Sie zuckte mit den Schultern. »Anscheinend weiß ich überhaupt nichts mehr.«

»Ah, kleine Erdnuss.« Er schnurrte ihren Kosenamen. »Nimm es nicht so schwer. Wir sind ziemlich gut darin, unsere Geheimnisse zu bewahren.«

»Und warum erzählst du es mir dann?« Und sie hatten es ihr nicht nur gesagt, sondern es ihr auch ziemlich deutlich gezeigt. Sie hatten es ihr unmöglich gemacht, eine logische Erklärung dafür zu finden.

»Ich wäre bei meiner Erklärung etwas sanfter vorgegangen, aber wie du vielleicht schon festgestellt hast, haben meine Tanten ihre ganz eigene Art, die Dinge anzugehen.«

»Ich weiß nicht, was du damit bezwecken willst. Es ist mir egal, was du bist. Wenn wir erst einmal aus diesem Wald heraus sind, werden wir einander nie wiedersehen.« Deswegen hatte sie sich vorher in der Hütte so aufreizend verhalten, denn sie konnte es tun, ohne sich Sorgen darüber zu machen, ihn später wiedersehen zu müssen.

»Was das betrifft ... erinnerst du dich daran, dass ich dich gebissen habe?«

»Der Biss, von dem du behauptet hast, dass er sich nicht entzündet?« Sie berührte die Stelle, an der die Haut schon fast wieder ganz verheilt war. Das schien ziemlich schnell gegangen zu sein. Vielleicht war der Biss doch nicht so tief, wie sie gedacht hatte.

»Der Biss wird verblassen, während er verheilt, aber das, was er symbolisiert, kann nicht verblassen. Es bedeutet, dass du meine Lebensgefährtin bist.«

»Deine was?«

»Meine Partnerin. Meine Ehefrau. Meine Lebensgefährtin.«

Sie blinzelte, bevor sie langsam sagte: »Das glaube ich eher nicht.«

»Ich befürchte, man kann es nicht mehr rückgängig machen. Autsch. Verdammt. Warum schlägst du mich?«

»Du verdammter Lügner. Eine Lüge, ständig erzählst du nur Lügen, alles was aus deinem Mund kommt, sind Lügen«, rief sie, während sie weiter auf ihn einschlug.

Er ergriff ihre Handgelenke und knurrte: »Das reicht.«

»Nein. Es reicht nicht, bis du mir sagst, dass das Ganze nur ein verdammter Witz ist.«

»Tut mir leid, dass ich dich da enttäuschen muss«, erklärte er nüchtern. »Kein Witz. Wir gehören für alle Zukunft zusammen, kleine Erdnuss.«

»Es ist mir egal, was dieser Biss für dich und dein *Volk* bedeutet. Ich habe jedenfalls nicht zugestimmt.«

»Ich habe es nicht absichtlich gemacht.«

»Und das soll mich jetzt trösten?« Sie verdrehte die Augen. »Wie können wir es wieder rückgängig machen?«

Er zuckte mit den Achseln.

»Das ist keine Antwort.«

»Dir wird die Antwort nicht gefallen.«

»Und was, wenn ich mich einfach weigere, deine Ehefrau zu sein?«

»Ich glaube nicht, dass das möglich ist«, sagte er ein wenig unsicher.

»Du glaubst es nicht?« Sie schnaubte. »Ganz offensichtlich nicht, wenn du gedacht hast, dass du mich mit deinem guten Aussehen und deinen sexuellen Gefälligkeiten in irgend so eine Art Konkubine verwandeln könntest.«

»Eine Konkubine ist eine Geliebte. Du bist meine Lebensgefährtin.«

Diese krasse Aussage sorgte dafür, dass ihr Herz schneller schlug, woraufhin sie hitzig antwortete: »Nein, bin ich nicht.«

»Hör zu, ich weiß nicht, ob es eine Möglichkeit gibt, unsere Verbindung aufzuheben, aber wenn du willst, können wir um Hilfe bitten, um es herauszufinden.«

»Und wen sollen wir fragen? Weitere Gestaltwandler?« Vielleicht hatte sie es etwas zynisch gesagt.

»Diesen Ton würde ich allerdings nicht verwenden, sonst besteht ihre Lösung vielleicht aus einem flachen Grab in einem Sumpf.«

Ihr blieb der Mund offen stehen. »Du würdest mich töten?«

»Ich nicht.« Er presste die Lippen aufeinander, sagte aber weiter nichts dazu.

Das verstärkte nur das Schaudern, das sie nun durchfuhr.

»Ist dir kalt?« Sofort schlang er fürsorglich seine Arme um sie und sie hätte gegen den nackten Mann, der sie hielt, protestiert, aber es stellte sich heraus, dass er eigentlich noch recht warm war. Ihrem Körper war es egal, dass er ein großer, fetter Lügner war, sie wollte sich nur an ihn anlehnen.

»Wirst du zulassen, dass mich jemand tötet?«, fragte sie und sah zu ihm hoch.

»Nein, ich werde einen Weg finden, unsere Probleme zu lösen, versprochen.« Er hob den Kopf und starrte in die Ferne. »Ich kann hören, dass meine Tanten zurückkommen.«

Es dauerte noch etwas, bis sie in der Ferne das Rumpeln der Motoren hörte, und dann kündigte der hüpfende Strahl der Scheinwerfer ihre Ankunft an. Die Freiheit war zum Greifen nahe. Warum also warf sie einen Blick in die Hütte und fühlte tatsächlich einen Stich Wehmut?

»Ziehen wir dich lieber mal warm an, kleine Erdnuss. Während der Fahrt wird es ziemlich kalt werden.«

Er bestand darauf, dass sie sich in den Schlafsack und die Decke einwickelte, wogegen sie protestierte: »Du brauchst auch Kleidung.« Die Tanten trugen

Trainingsanzüge, Stiefel, Jacken und lächerliche Wollmützen mit Pompons.

»Mach dir um mich keine Sorgen. Ich kann besser mit der Kälte umgehen als du und meine Tanten.«

»Willst du damit etwa schon wieder andeuten, dass wir alt sind?«, beschwerte sich Lena über das Rumpeln ihres Schneemobils hinweg. Lacey fuhr hinter ihr.

»Niemals. Aber es ist kalt draußen und ihr habt kein Fell.« Er führte Charlotte zu Lenore, die allein auf dem Schneemobil saß. »Halt dich gut fest.«

»Und was ist mit dir?«

»Ich kann ein wenig Bewegung gebrauchen.« Er zwinkerte ihr zu und verwandelte sich in einen Löwen. Dann lief er los und sie konnte ihm nur hinterherstarren.

»Das ist nicht normal«, murmelte sie.

»Oh, Schatz, du hast noch gar nichts gesehen. Und jetzt halt dich gut fest. Die Bremsen an diesem Ding funktionieren nicht so gut.«

Und das war eine Untertreibung.

Sie rasten durch den Wald und wichen nur knapp den Bäumen aus. Die Gefahr war so groß, dass sie ihr Gesicht in Lenores Rücken vergrub. Sie wollte den Tod nicht kommen sehen.

Sie brauchte auch keine flüchtigen Erinnerungen an Lawrence.

Ein Gestaltwandler.

Gehörte das nicht in Fantasybücher und -filme? Sie hätte es gern geleugnet, aber das hieße, die Realität direkt vor ihren Augen zu verleugnen. Noch wichtiger war, dass sie verstehen musste, was dies für sie bedeutete.

War sie wirklich mit einem Löwen liiert? War sie von dem attraktivsten und männlichsten Mann, den sie je getroffen hatte, ausgewählt worden? Einem Kerl, der sie dazu gebracht hatte ...

Sie zitterte, allerdings nicht vor Kälte, und in der Ferne brüllte etwas.

Kapitel Elf

Etwas erschauderte in Lawrence und brachte ihn auf eine Weise aus dem Gleichgewicht, die er erst seit Kurzem kannte – und zwar Charlottes wegen.

Er hatte sich ihretwegen mit seinen Tanten angelegt. Er würde sie mit Zähnen und Krallen verteidigen, wenn jemand es wagte, etwas gegen sie zu sagen. Doch außerdem – und das stand in krassem Gegensatz dazu – war er sehr besorgt. Ihre Vereinigung dauerte ein Leben lang und bisher hatte er nie mehr als ein paar Wochen in einer Beziehung geschafft. Wie würde er es so lange durchhalten?

Ein gutes Zeichen war die Tatsache, dass er noch nicht genug von ihr hatte. Würde er auch so empfinden, nachdem er mit ihr geschlafen hatte? Oder wäre es möglich, dass er endlich aufhören würde herumzustreunen?

Er wünschte sich, er könnte in die Zukunft sehen.

An ihre Verbindung glauben. Aber seine Tanten hatten ihn dazu erzogen, misstrauisch zu sein. Als Single zu gedeihen. Nur waren sie nie wirklich allein. Sie hatten immer einander. Lawrence hatte zumindest Dean. Und er wusste, dass seine Tanten ihn nie wirklich verlassen würden. Aber was er von seiner kleinen Erdnuss wollte, hatte er sich noch nie zuvor von jemandem erhofft.

Es war aufregend. Es machte ihm Angst. Es verwirrte ihn.

Warum musste es so kompliziert sein?

Er strengte sich noch mehr an, alle vier Beine pumpten, als er den Schneemobilspuren folgte. Es fühlte sich gut an, als die frische Luft nach dem modrigen Geruch der Hütte sein Fell zerzauste. Seine Pfoten schlugen auf den frischen Schnee und ließen ihn in einem feinen Film in die Luft aufwirbeln.

Zu seiner Überraschung führte die Spur zu dem Bauernhof, von dem sie geflohen waren. Der Geruch von Rauch lag in der Luft, das Haus war eine verkohlte Ruine. Jemand, der seine Spuren verwischte? Oder hatte er bei seiner Flucht versehentlich das Feuer verursacht? Er konnte sich nicht erinnern und das war irgendwie ärgerlich, denn es waren alle Hinweise verbrannt, die vielleicht darüber hätten Aufschluss geben können, um wen es sich bei ihren Entführern handelte.

Er kannte nicht einmal den Namen der Anführerin. Und er wusste auch nicht, ob sie in dieser Nacht gestorben war.

Es brachte ihn auch dazu, sich zu fragen, ob diese Frau hinter ihm oder hinter jemand anderem her war. Er zerbrach sich den Kopf und wiederholte einige der Gespräche, bis ihm klar wurde, dass er automatisch angenommen hatte, sie wären hinter ihm her, aber wenn er es aus einer anderen Perspektive betrachtete ... vielleicht waren sie hinter Peter, Charlottes Bruder, her.

Wenn er mit der Art von Leuten zu tun hatte, die sich mit Entführung und Wahrheitsserum beschäftigten, dann bedeutete das nichts Gutes für die Gesundheit oder das Überleben von Charlottes Bruder.

Er änderte seine Richtung und lief zum Kofferraum des Wagens, da er wusste, dass sie ihm sicher ein Paket mit Kleidern mitgebracht hatten. Charlotte sagte nicht viel, umklammerte nur die Decke und starrte auf die Ruinen. Sie hatte ihre Brille für die Fahrt in eine Tasche gesteckt, setzte sie aber sofort wieder auf ihre Nase, als sie anhielten.

»Ich nehme an, dass das nicht ich war, als wir geflohen sind, oder?«, fragte er und stellte sich neben sie.

Sie zuckte mit den Achseln. »Nicht dass ich wüsste. Aber man sieht auch nicht gerade viel, wenn man mit dem Kopf nach unten und ohne Brille bei jemandem über der Schulter hängt und wie ein Sack Kartoffeln herumgeschleudert wird.«

»Du bist viel sexyer als ein Sack Kartoffeln.«

»Machst du das öfter, dir Frauen über die Schulter zu werfen und mit ihnen loszulaufen?«

»Du warst die erste.«

»Und mach dir keine Sorgen, du wirst wahrscheinlich auch seine letzte sein«, bemerkte seine Tante Lena. »Wenn ihr Kinder dann damit fertig seid, keinen konstruktiven Beitrag zu leisten, setzt euch in den Wagen. Wir brauchen mindestens eine Stunde, bis wir irgendwo sind, wo es Nahrung und Alkohol gibt.«

Im Fahrzeug war es eng und warm, und die fünf waren darin zusammengepfercht. Ein Teil der Wärme strahlte von seinem Ärger ab, weil Charlotte entschlossen schien, nichts mit ihm zu tun haben zu wollen. Sie entschied sich dafür, in der Mitte des Rücksitzes Platz zu nehmen, aber als er sich neben sie setzen wollte, blickte sie an ihm vorbei und sagte: »Ich fände es besser, wenn deine Tante hier hinten bei mir sitzt.«

»Ooh. Na, das ist ja eine Überraschung«, murmelte Tante Lenore. »Normalerweise tun die Damen alles, um dir nahe zu sein.«

»Du hilfst mir nicht gerade«, knurrte Lawrence, als er sich auf den Beifahrersitz fallen ließ.

»Ich muss schon sagen, so langsam fängt das Mädchen an, mir zu gefallen.« Und das war ein großes Kompliment von Lena. »Sie fällt nicht auf deinen Blödsinn herein.«

Erstaunlicherweise war es Charlotte, die sich für ihn einsetzte. »So langsam wird mir klar, warum er Bindungsängste hat. Ich habe ja schon gehört, dass manche Männer am Rockzipfel hängen, aber ihr haltet ihn in einem massiven dreifachen Knäuel aus Schlingengewebe gefangen.«

Die höfliche Zurechtweisung sorgte dafür, dass seine Tanten die Menschenfrau erstaunt ansahen, die es wagte, sie der Überfürsorglichkeit zu bezichtigen.

Er hätte fast gekichert. Besonders, da sie nicht scherzte.

Lenore war zuerst beleidigt. »Es ist ja nicht so, als würden wir uns darum reißen, uns um ihn zu kümmern.«

»Aber irgendjemand muss es ja tun«, fügte Lacey hastig hinzu.

»Da haben meine Schwestern zur Abwechslung mal recht«, lautete Lenas Beitrag. »Vergiss nicht, dass unser Knurri ein Mann ist, und die brauchen alle jemanden, der auf sie aufpasst. Deswegen bin ich auch nie häuslich geworden.«

»Sie erwarten, dass man den Schrank mit ihnen teilt«, erklärte Lacey entsetzt.

Und Lenore sagte: »Mir machen sie nicht so viel aus, aber nach einer Weile bekommen sie normalerweise Angst vor mir.«

»Armdrücken in der Öffentlichkeit, gegen sie gewinnen und sie dann auch noch auszulachen würde jeden in die Flucht schlagen«, bemerkte Lena und schnaubte.

»Angesichts eurer offensichtlich so erfahrenen Persönlichkeiten bin ich überrascht, dass er in seinem Alter so unbeholfen ist«, erklärte Charlotte.

Die Beleidigung traf so zielsicher ins Schwarze,

dass seine Tanten eine Sekunde lang still waren, bevor sie sich fast überschlugen, um seine Stärken zu betonen.

»Oh, er mag manchmal dumm sein, aber der Junge ist eigentlich brillant. Er hatte auf dem College hauptsächlich Zweien. Er hätte sogar Einsen bekommen, wenn er sich ein bisschen mehr angestrengt hätte«, schalt Lacey.

»Und er sieht recht gut aus. Und obwohl sein Vater ziemlich jung gestorben ist, können wir dir versichern, dass sein Großvater gut gealtert ist. Tatsächlich wird er noch immer als einer der schärfsten Kater in ganz Florida gehandelt, wo er mittlerweile einen Großteil seiner Zeit verbringt«, erklärte Lena.

Lawrence kauerte auf dem Sitz. Der alte Mann war sowohl eine Hommage als auch eine beängstigende Aussicht darauf, was die Zukunft bringen mochte. Großvater hatte nicht wieder geheiratet, nachdem seine Frau gestorben war. Er wurde ein Playboy. Und das war er mittlerweile schon seit über zwanzig Jahren. Wurde er dessen jemals müde?

Er warf einen Blick auf Charlotte, die seinen Blick auffing. Ihr Tonfall klang ein wenig amüsiert, als sie sagte: »Es sieht gut aus, wer sich gut verhält.«

»Aber der Junge hat einiges drauf. Er kann jagen. Und außerdem ist er ziemlich sportlich. Gib ihm irgendeinen Ball, Handschuh oder Schläger und unser Neffe wird zum Profi.« Diesmal war es Lenore, die ihn anpries.

Die reinste Qual. Und es war wirklich schlimm, da

seine Tanten es anscheinend darauf angelegt hatten, dafür zu sorgen, dass Charlotte ihn mochte. Doch seine kleine Erdnuss erwies sich als ausgesprochen trotzig.

»Ist er wirklich gut? Oder hat er einfach nur einen unfairen Vorteil, den die meisten anderen nicht haben?«, fragte sie.

»Es ist ja nicht seine Schuld, dass er perfekt ist«, erklärte Tante Lacey arrogant.

»Perfekt?« Charlotte lachte. »Also, dieses Wort würde ich nicht unbedingt benutzen.«

»Und was würdest du über meinen Neffen sagen?«, fragte Lena in ruhigem Ton. In zu ruhigem Ton.

Er würde sie im Auge behalten. Nur für den Fall.

»Ich würde sagen, dass er ein Mann ist, der das Gefühl hat, eine Rolle spielen zu müssen, anstatt einfach nur er selbst zu sein«, erklärte Charlotte.

»Nein, er tut nicht nur so, als wäre er ein streunender Kater, er ist ein ...«

Ein kleiner Schlag auf Lenores Hinterkopf sorgte dafür, dass sie innehielt. Aber es war trotzdem schon zu spät.

»Du meinst, er ist eine männliche Hure?« Charlotte nickte. »Ja, das könnte ich mir vorstellen. Er ist viel zu hübsch. Ich wette, die Mädchen machen es ihm nicht allzu schwer.«

»Genau, das tun sie nicht. Deswegen wird ihm so schnell langweilig«, stimmte Lenore zu.

»Oder liegt es vielleicht daran, dass Frauen ihn

nicht interessieren?« Erneut drehte Charlotte seiner Tante die Worte im Mund um.

Lacey lachte. »Oh, sie ist ziemlich schnell.«

»Ein bisschen zu schnell«, grummelte Lena.

»Da wir gerade von Geschwindigkeit sprechen, wohin fahren wir mit dieser lächerlichen Geschwindigkeit?«, wollte Charlotte wissen.

Das war eine gute Frage. »Tantchen?«

»Habe ich dir doch schon gesagt. Wir sind hungrig«, grummelte Lena.

»Und das heißt?«

»Hier draußen gibt es nicht allzu viele Orte, an denen wir etwas zu essen und zu trinken und vielleicht sogar ein Bett für die Nacht finden, also bleibt uns keine große Wahl.« Lena schien einer direkten Antwort ausweichen zu wollen.

»Warum habe ich plötzlich das Gefühl, dass mir die Sache nicht gefällt?«

Lenore seufzte. »Weil sie dir wahrscheinlich tatsächlich nicht gefallen wird. Wir besuchen Medvedev.«

Er schürzte die Lippen. »Willst du mich verarschen? Dir ist schon klar, dass das Verrückte sind, oder?« Als er das letzte Mal zufällig einem Bären aus dem Medvedev-Clan begegnet war, wäre er fast verhaftet worden.

»Es wird keine Probleme geben. Sei nicht so ein verängstigtes kleines Kätzchen«, rügte Tante Lena ihn.

»Kätzchen?« Charlotte biss sich auf die Lippe,

konnte jedoch nicht ganz verbergen, wie sehr sie dieser Gedanke amüsierte.

»Ich weiß, es ist schwer, sich ihn als kleines Kätzchen vorzustellen, da er jetzt so riesig ist. Allerdings ist er auch nur noch halb so süß im Vergleich dazu, wie er war, als er noch ein Kind war.« Lenore half ihm nicht gerade.

»Hey!«, protestierte er.

»Was? Das ist die Wahrheit. Als Baby hatte er wirklich dicke Backen«, führte Lacey enthusiastisch weiter aus. Und dann zeigte sie Charlotte den ganzen Verlauf seines Lebens, weil sie natürlich für jede Etappe Fotos auf ihrem Handy hatte.

Und seine kleine Erdnuss sah sie tatsächlich an und bemerkte: »Seine arme Mutter. Seht euch nur diesen riesigen Kopf an.«

»Er war allerdings ein fettes Kätzchen. Und schon von klein auf haben wir ihn mit Protein gefüttert und ihn trainieren lassen«, erklärte Lena stolz.

Die Geschichte seines Lebens entfaltete sich mit jedem Bild weiter. Charlottes Blick schweifte sogar einige Male zu ihm, nicht dass er zuschaute – jedenfalls nicht direkt. Er hatte sich so hingesetzt, dass er sie im Rückspiegel beobachten konnte.

Er ließ sie nicht aus den Augen, bis sie durch ein altes schmiedeeisernes Tor in dunklen Steinbögen fuhren. Die Einfahrt war gepflastert und von Bäumen gesäumt und führte zu einem Rondell mit einem massiven Steinbrunnen, aus dem kaltes Wasser sprudelte. Ein paar Jeeps, denen Türen und Dächer fehlten und die mit Schlamm und Schneematsch bedeckt waren, waren willkürlich geparkt.

Das Haus war riesig und sowohl aus Naturstein als auch aus behauenen Steinen gebaut. Es fühlte sich wie eine alte Festung an, verfügte aber über moderne Annehmlichkeiten wie Lichter statt Fackeln. Es hätte eine bessere Luftfilterung gebrauchen können, denn in dem Moment, in dem sie das Haus betraten, stellten sich ihm die Nackenhaare auf.

Er hoffte wider Erwarten, dass er nicht hier wäre.

Er musste wohl geknurrt haben, denn Charlotte murmelte: »Was ist denn los?«

»Bären.«

»Wie bitte?«

Es blieb ihm keine Zeit, es ihr zu erklären, weil jemand knurrte: »Wenn das nicht Lawrence, der Lütte Liger ist. Mein bester Freund auf der ganzen Welt. Lass dich umarmen.« Ein riesiger Mann kam auf ihn zugewalzt und er konnte die Umarmung nicht vermeiden, die ihm fast die Rippen gebrochen hätte.

»Hallo, Andrei«, konnte er gerade noch keuchen. Aber er würde sich nicht beschweren. Nur Weicheier konnten eine Bärenumarmung nicht ertragen.

»Was für eine schöne Überraschung. Wusste ich doch, dass du mir irgendwann vergeben würdest.«

»Das habe ich nicht. Meine Tanten haben darauf bestanden herzukommen.« Er machte eine finstere Miene bei der Erinnerung an das letzte Mal, als sie zusammen waren, und er im Gefängnis endete, wo er entkleidet und einer Leibesvisitation unterzogen worden war. Seine Pobacken verkrampften sich immer noch bei dem Geruch von Latex.

Andreis Lächeln wurde breiter. »Du hast deine Tanten mitgebracht? Ich hatte schon immer eine Schwäche für reifere Frauen. Sind sie immer noch alleinstehend?«

»Wenn du sie willst, nimm sie dir«, murmelte er.

»Vielleicht später, denn gerade rieche ich etwas ausgesprochen Leckeres. Hast du mir etwa einen Menschen als Appetithäppchen mitgebracht?« Andrei rieb sich die Hände. Er machte immer Witze, dass er und seine Familie die menschlichen Bauern in der Umgebung fraßen, wenn es im Winter wenig zu essen gab. Zumindest hoffte Lawrence, dass es nur Scherze waren.

»Sie ist nicht für dich. Sie heißt Charlotte.« Und da ihm nicht gefiel, wie Andrei sie ansah, fügte er laut hinzu, sodass alle es hören konnten: »Sie ist meine Lebensgefährtin.«

Kapitel Zwölf

Charlotte, die sich vorher im Raum umgesehen hatte, betrachtete jetzt den riesigen Mann mit Vollbart, der versuchte, Lawrence in einer Umarmung zu zerquetschen. Der fröhliche Bursche lachte und lachte weiter. Schön, dass sich jemand amüsierte. Sie persönlich konnte es kaum erwarten, den Raum zu verlassen. Sie war ziemlich sicher, dass sie das Wort *Bär* gehört hatte. Bär wie in Gestaltwandler-Bären?

Wo? Waren welche in diesem Raum?

Sie gab zu, dass sie beeindruckt war. Der zweistöckige Saal war mit Tischen und Bänken auf Böcken gedeckt, der rustikale Look sehr gut gemacht, mit alten, mit Harz versiegelten Holzplatten. Die langen Sitzbänke waren dick und schwer, um ein Umkippen zu vermeiden, aber jede Stelle hatte eine Vertiefung für den Hintern.

All diejenigen, die etwas Weicheres bevorzugten, konnten sich zu den Sitzgruppen um den Kamin begeben, in denen ein knisterndes Feuer brannte, die mit breiten Sofas, gut gepolsterten Sesseln und weichen Teppichen ausgestattet waren. Und zwar ausgesprochen vielen davon. Überall, wo sie hinschaute, sah sie noch mehr Zottelteppiche auf dem Steinboden.

Sie erwartete halb, Kerzen zu sehen, als sie den Blick hob. Der Besitzer hatte sich jedoch für elektrische Beleuchtung in einem riesigen Holzrad und langblättrige Deckenventilatoren entschieden, um die Luft in Bewegung zu halten. Eine notwendige Sache angesichts der vielen Leute, die sich hier aufhielten. Es waren mindestens dreißig bis vierzig Personen. Sie schienen in eine Feier für Riesen hineingeraten zu sein.

Oder so erschien es ihr, da sie mindestens einen, manchmal auch zwei Köpfe kleiner war als die Partygäste. Und sie wog auch viel weniger. Die Leute ähnelten einander, wobei die meisten von ihnen üppiges, dunkles Haar besaßen. Eine Glatze war nicht zu sehen und die meisten Männer hatten dichte Bärte. Die Frauen waren breit und sahen kräftig aus, ihr Lachen so dreist wie das der Männer.

Gott stehe ihr bei, wenn sie von einem Auto voller Löwen in eine Höhle voller Bären geraten war. Was war als Nächstes dran, eine Grube voller Krokodile?

Ich muss von hier verschwinden. Die Flucht ergreifen, bevor sie wirklich im Arsch war, aber wie? Um in die Zivilisation zurückzukehren, müsste sie zumindest ein Fahrzeug stehlen. Löwen, Riesen und Bären bestehlen.

Oh je.

Aber was war die Alternative?

Der riesige Mann beugte sich mit einem entschlossenen Grinsen zu ihr herab, aber Lawrence war schneller und legte rasch einen Arm um ihre Taille, bevor sie protestieren konnte.

»Kleine Erdnuss, meine geliebte Lebensgefährtin, ich möchte, dass du einen alten Freund von mir kennenlernst: Andrei«, erklärte Lawrence ziemlich laut.

Lebensgefährtin? Sie legte den Kopf zur Seite und sah ihn fragend an, und er gab ihr mit einem kleinen Nicken zu verstehen: *Spiele bitte mit!*

»Du hast es tatsächlich getan?« Andrei hörte sich ausgesprochen überrascht an. »Du verrückter Kerl.« Er brach erneut in Gelächter aus, was bedeutete, dass sie nicht aufpasste, als er hinzufügte: »Lass mich die Braut umarmen.«

Moment mal, hatte er etwa vor –

»Ahh!«, kreischte Charlotte, als er nach ihr griff. Einen Moment lang verstärkte Lawrence seinen Griff um ihre Taille und sie fürchtete, sie würde in einer Art Tauziehen enden, was ausgesprochen schmerzhaft geworden wäre.

»Aber nur für zwei Sekunden. Keine Sekunde länger«, sagte er und ließ sie los.

Andrei – der kein bisschen aussah wie André the Giant, auch der Sanfte Riese genannt – zog sie in eine Umarmung, bei der wahrscheinlich jeder Knochen in ihrem Körper brechen würde. Allerdings roch der

Mann unerwartet gut und war auch ziemlich vorsichtig, was bedeutete, dass es ihr einigermaßen gut ging, als er sie wieder absetzte.

Sofort schlängelte sich wieder ein besitzergreifender Arm um ihre Taille und sie ließ es zu. Lehnte sich sogar in seinen Griff.

»Ich kann es nicht fassen, dass du dich fürs Leben gebunden hast.« Andrei schüttelte den Kopf. »Ich hätte nie gedacht, dass du irgendwann häuslich wirst.«

»Man muss eben nur die richtige Person finden«, log Lawrence gekonnt.

Zumindest musste es eine Lüge sein, denn das konnte er ja nicht ernsthaft denken, sie kannten einander kaum. Es war sicher alles nur Show.

»Ich dachte, die Kinder seien schon alle im Bett.« Die Bemerkung kam von einer ziemlich großen Dame, die ihr Haar in kleinen Locken trug.

Die Bemerkung war dazu gedacht, Charlotte zu ärgern, und das tat sie auch. Sie würde es sich aber nicht anmerken lassen. »Ich sehe jung aus für mein Alter.«

»Es ist eher deine Größe. Du bist unglaublich klein.« Ihr verschlagener Blick glitt an Charlotte vorbei zu Lawrence. »Und habe ich tatsächlich gehört, dass du behauptet hast, sie sei deine Lebensgefährtin? Eine merkwürdige Verbindung. Machst du dir keine Sorgen, dass sie kaputtgeht, wenn du richtig loslegst? Wir wissen doch beide, dass du es gern brutal magst.«

Diese allzu offensichtliche Andeutung sorgte dafür, dass Lawrence sich anspannte und seine Finger sich tiefer in ihre Haut gruben, bevor er ganz losließ. »Lada, wie ich sehe, bist du immer noch so stilvoll wie immer.« Lawrence sah alles andere als erfreut aus.

»Seit wann möchtest du denn jemanden mit Stil?«

»Seit er beschlossen hat, nicht mehr mit Abschaum zu schlafen«, platzte Charlotte heraus.

Daraufhin machte mehr als einer der Anwesenden große Augen und Lada kniff die Lippen zusammen. »Beleidigst du mich etwa?«

»Wenn du das nicht mal weißt, zählt es dann überhaupt?«, konnte Charlotte einfach nicht umhin zu erwidern. Ihr vorlautes Mundwerk brachte sie immer tiefer in Schwierigkeiten. Sie machte sich eben neue Freunde, wohin sie auch ging. Oder auch nicht.

Andrei versuchte, die Atmosphäre aufzulockern. »Deine Lebensgefährtin ist nicht ganz ohne. Du musst nur dafür sorgen, dass sie ein bisschen Fleisch auf die Rippen bekommt.«

»Charlotte ist perfekt so, wie sie ist«, lautete Lawrence' Antwort, bei der ihr ganz warm ums Herz wurde.

Ja, das Ganze war vielleicht eine Lüge, eine Show für diese ungehobelten Leute, doch trotzdem gefiel es ihr. Aber nur ungefähr fünf Sekunden lang.

»Bist du betrunken?«, rief Lada. »Inwiefern ist sie denn perfekt? Hast du sie dir mal angeschaut? Sie ist klein und noch dazu ein *Mensch.*«

Die Beleidigung war unverfroren und ausgesprochen unverschämt. Und anscheinend ging sie auch davon aus, dass Charlotte sich das einfach gefallen lassen würde. Dass sie dieser blöden eifersüchtigen Kuh Gehör schenken würde. Ja, eifersüchtig, weil es ihr wohl nicht gelungen war, ihren Mann an sich zu binden.

Das brachte die Kämpferin in ihr zum Vorschein. Obwohl Lawrence sich etwas von ihr entfernt hatte, drückte sie sich eng an ihn. Sein Arm glitt direkt um sie herum, als gehörte er dorthin.

Sie lächelte Lada an. »Mach dir keine Sorgen um meinen kleinen Knurri. Mein Kuschelkätzchen ist mehr als zufrieden mit dem, was ich zu bieten habe. Wir kommen gerade von einem schönen Natururlaub in der Wildnis zurück. Nur ich, er und ein Kamin. Schade, dass seine Tanten ihn nicht länger als ein paar Tage allein lassen können, sonst wären wir immer noch da, nackt vor dem Kamin.«

Lawrence vergrub sein Gesicht plötzlich in ihrem Haar und sie hätte schwören können, dass er leicht zitterte.

Lada presste die Lippen zusammen. »Genieße es besser, solange du kannst. Es wird nicht halten. Das tut es nie.«

»Bist du dir da sicher? Ich habe gehört, dass diese Art von Verbindung für die Ewigkeit ist.« Sie neigte den Hals so, dass man den Biss sehen konnte, und Lada wurde ganz rot im Gesicht.

»Ich brauche jetzt erst mal etwas zu trinken.« Lada wirbelte herum und stampfte davon.

Andrei klatschte leise und begann dann erneut zu

lachen. »Verdammt noch mal, es passiert nicht oft, dass jemand Lada die Leviten liest.«

Aber sie hatte gegen Lada nur gewonnen, weil sie gelogen hatte. Sie hatte so getan, als wäre die ganze Paarungsgeschichte echt. Und das war nicht der Fall. Auch wenn Lawrence kein vollkommen Fremder mehr war, war sie nicht bereit, ihn als ihren Ehemann zu bezeichnen. Und so wie es sich anhörte, war er nicht der Typ, der sich an eine Frau band.

Es bedeutete, dass diese Scharade früher oder später enden würde. Doch bis es dazu kam, musste sie eine Rolle spielen. Im Moment gab sie vor, seine liebevolle Frau zu sein. Oder seine Gefährtin, wie die anderen sie immer wieder nannten.

Er schien besonders daran interessiert zu sein, diese Tatsache Andrei unter die Nase zu reiben. Der große Mann, das musste man ihm zugutehalten, ließ alle Sticheleien von sich abprallen, lachte und zahlte es ihm mit gleicher Münze heim.

Lawrence machte den Kommentar: »So wie du zugenommen hast, gehst du bestimmt bald in den Winterschlaf.«

»Nicht alle von uns sind gern dünn wie ein vorpubertärer Junge. Ich bin eben ein ganzer Mann.« Bei dieser Bemerkung zwinkerte er ihr zu.

Es bedeutete gar nichts. Ihr war klar, dass Andrei das absichtlich tat, und trotzdem tat Lawrence so, als würde es ihn ärgern. Oder wagte sie sogar zu sagen, als wäre er eifersüchtig? Ihretwegen?

Sollte sie sich geschmeichelt fühlen, dass er so ein

leidenschaftliches Interesse zeigte? Es sorgte jedenfalls dafür, dass ihr Körper sich an einigen interessanten Stellen erwärmte. Oder sollte sie beleidigt sein, weil er sie für so oberflächlich hielt, dass sie, nachdem sie intim miteinander waren, direkt vor seinen Augen Pläne darüber schmieden könnte, sich von jemand anderem verführen zu lassen?

Es war so völlig seltsam und anders, dass sie beschloss, es zu genießen. Warum auch nicht? Diese Scharade würde nach einem Tag vorbei sein. Höchstens zwei. Sie kuschelte sich an seine Seite, während sie einen Teller mit Speisen füllten und sich das Mahl dann teilten. Messer und Gabel gab es nicht, also aßen alle mit den Fingern. Lawrence fütterte sie, indem er Brocken von heißem Brot in geschlagene Butter eintauchte. Es könnte sein, dass sie bei dem einfachen, reinen Genuss des Geschmacks gestöhnt hatte.

Er sah aus, als würde ihm das Schmerzen bereiten.

Sie legte eine Hand auf seinen Arm, als er wegsah. »Alles in Ordnung?«

»Ja, alles in Ordnung. Perfekt.«

»Bist du dir sicher? Vielleicht solltest du dich hinlegen.«

»Vielleicht sollte ich das«, murmelte er.

»Was ist da los? Ist mein Lütter Liger etwa schon müde? Wirst du langsam zu alt, um mit echten Männern mitzuhalten?«, neckte Andrei ihn.

Bei seinem herausfordernden Ton presste Lawrence die Lippen zusammen. Gleich würde es zu einem testosteronerfüllten Schwanzvergleich kommen.

Sie musste sich etwas ausdenken, damit sie von dort verschwinden konnten, ohne dass sein Stolz darunter litt. Und es gab nur eins, was Andrei dazu bringen würde, den Mund zu halten.

Sie lächelte und beugte sich vor, wissend, dass ihre Bluse, an der ein Knopf fehlte, aufklaffte. Etwas, das ihr Gastgeber sehr wohl bemerkte. Bei ihrem Eintreffen hatte sie sich Sorgen darüber gemacht, dass sie seit Tagen nicht richtig gebadet hatte, nur um festzustellen, dass es hier niemanden interessierte. Es half auch, dass Andrei einem guten Tröpfchen nicht abgeneigt war. In seinem Fall handelte es sich bei dem Tröpfchen eher um Humpen, die er immer wieder nachfüllte.

Sein Blick folgte der dunklen Spalte zwischen ihren Brüsten, als sie murmelte: »Sei doch nicht so naiv. Mein kuscheliger Knurri ist nicht müde. Das ist unser geheimes Stichwort für: ›Verschwinden wir von hier und suchen uns ein gemütliches Plätzchen, an dem wir allein sein können.‹«

»Lass ihn warten. Bleibt hier, trinkt noch etwas mit mir und lass ihn komplett durchdrehen«, schlug Andrei mit verwegen hochgezogener Augenbraue vor.

Ihre Mundwinkel hoben sich zu einem Lächeln. »Warum denkst du, dass ich nicht genauso verrückt werden würde? Schließlich sind wir gerade erst frisch vermählt.« Sie legte Lawrence die Hand auf den Arm und er verschlang seine Finger mit ihren.

»Ah, junge Liebe.« Andrei seufzte. »Da möchte ich

natürlich auf keinen Fall im Weg stehen. Die Nacht ist noch jung und voller Bären.«

»Meinst du nicht Bieren?«, erwiderte sie.

»Da habe ich mich wohl verhaspelt.« Andrei neigte den Kopf und starrte sie an, während er mit Lawrence sprach. »Sie hat keine Ahnung, oder?«, fragte er geheimnisvoll.

»Sie weiß, was sie wissen muss.«

»Und das ist schon zu viel.« Andrei trommelte mit den Fingern. »Du bringst mich da wirklich in eine schwierige Situation.«

»Lass sie in Ruhe, Andrei.« Lawrence' Stimme war kaum lauter als ein Flüstern und trotzdem verlieh er seiner Forderung ausgesprochen großen Nachdruck.

Aber was viel besorgniserregender war: Warum dachte Lawrence, dass Andrei sie bedroht hatte?

»Wenn das nicht der pummelige Andrei ist. Sieh dich an, ganz erwachsen. Und dieser süße Pfirsichflaum von einem Bart.« Tante Lacey tauchte plötzlich mit einem breiten Lächeln zwischen ihnen auf und verstrubbelte Andreis Haar. »Wie ich sehe, hat jemand gut gefrühstückt und auch gleich das Frühstück seiner Brüder mitgegessen.«

»Lacey. Du siehst zum Anbeißen aus.«

»Und du bist ziemlich betrunken, was bei einem Bären recht beeindruckend ist. Wie wäre es, wenn wir meinen Neffen hier sitzen lassen und ein paar Gläschen zusammen trinken?« Lacey zwinkerte ihm zu.

Flirtete sie tatsächlich mit dem sehr viel jüngeren Mann?

»Wie wäre es, wenn wir ein Fässchen anstechen, das ich für einen speziellen Anlass aufgehoben habe?« Andrei stand auf und legte einen Arm um Lacey, bevor die beiden gingen.

An ihrer Stelle erschien Tante Lenore und schnippte mit den Fingern. »Verschwinden wir, solange er abgelenkt ist. Du musstest ihn ja unbedingt reizen.«

»Ich? Er hat sich Charlotte praktisch an den Hals geworfen«, erwiderte Lawrence.

»Und sie ist nicht in der Lage, selbst Nein zu sagen?«, fragte seine Tante.

Woraufhin sie erwiderte: »Das habe ich. Aber er ist ein Mann, und das bedeutet, dass sein Potenzial für Dummheit ...«

»Um ein Vielfaches höher ist!«, rief Lena, die hinter ihnen auftauchte. »Diese verdammten Riesen. Man könnte schwören, die Medvedevs sind immer auf Ärger aus.«

»Das weißt du doch ganz genau, und trotzdem hast du uns hergebracht.« Lawrence hielt ihre Hand, als sie aus dem großen Raum in einen Flur und an dessen anderem Ende über eine Treppe entkamen.

»Wir sind hergekommen, weil sie wirklich guten Met haben. Morgen früh, sobald wir uns richtig ausgeschlafen haben, fahren wir nach Hause.«

Er schnaubte. »Als würdet ihr Partylöwen jetzt schlafen gehen.«

Lenore tat so, als wäre sie verärgert, und erwiderte: »Ich fühle mich von dir so angegriffen.«

Daraufhin musste Charlotte lächeln.

Nachdem sie noch drei Flure und drei Hallen durchquert hatten, öffnete Lenore eine Tür. »Während du Andrei wütend gemacht hast, habe ich uns Zimmer geben lassen.«

»Es ist nicht meine Schuld, dass er schon betrunken war«, grummelte Lawrence.

»Die haben da eine ziemlich heftige Party im Gange«, bemerkte Charlotte.

»Das ist bei denen jeden Abend so«, erklärte Lena verächtlich. »Wenn du eine richtige Party sehen willst, dann komm zur Winter- oder Sommersonnenwende. Dann sind da fünfmal so viele Gäste und die Feier dauert tagelang an.«

»Trotzdem, sperrt besser eure Tür ab. Manchmal gefällt es Andrei und seiner Familie, in anderen Zimmern aufzutauchen«, rief Lena ihnen ins Gedächtnis.

Die Tanten waren schon wieder verschwunden, als Charlotte klar wurde, dass sie und Lawrence allein waren, und zwar in einem Zimmer, in dem es nur ein Bett gab. »Wir teilen uns ein Zimmer?«

»Du bist meine Gefährtin. Da wird das so erwartet.«

»Oh.« Ihr war nicht klar gewesen, dass sie die Rolle auch außerhalb der Öffentlichkeit weiterspielen würden.

»Meine Tante hat es dir doch gerade gesagt. Es geht hier um alte Rivalitäten.«

Sie schüttelte den Kopf. »Bei euch beiden steckt

aber mehr dahinter.«

»Du hast ihn doch kennengelernt, richtig?«

»Das habe ich, und er ist groß, laut, vergnügt und scheint dich wirklich zu mögen trotz der Tatsache, dass du ein Esel bist.«

»Ich dachte, du hättest verstanden, dass er ein Bär ist.«

»Im Ernst? Ich dachte, du würdest vielleicht einen Witz machen.«

»Warum sollte ich das?« Er klang verwirrt.

»Waren alle dort unten Bären?«

»Nein.«

Sie seufzte erleichtert und erstarrte dann wieder, als er hinzufügte: »Ich bin mir sicher, dass auch mindestens zwei Wölfe darunter waren.«

»Und warum genau hasst du Andrei?«

»Löwen und Bären verstehen sich nicht miteinander.«

Doch sie hatte den Eindruck, dass noch mehr dahintersteckte. »Deine Tanten scheinen das anders zu sehen. Und ich wage mal zu behaupten, dass auch du Lada zumindest eine Nacht lang vielleicht ein wenig zu sehr gemocht hast.«

Er verzog das Gesicht. »Ich habe es nicht gewollt. Erinnerst du dich daran, dass meine Tanten gesagt haben, dass der Met so gut ist? Er ist ausgesprochen stark. Ich habe mich mit Andrei betrunken und als ich aufgewacht bin, saß sie auf mir. Ich habe keine Ahnung, wie sie dorthin gelangt ist, aber ich war jung. Dumm. Ich habe ihr nicht gesagt, sie solle von mir runtergehen. Und seitdem hängt sie an mir wie eine Klette.«

Er war ziemlich explizit und Charlotte hätte sich vielleicht darüber geärgert, wenn er nicht so ehrlich gewesen wäre. »Ich habe das Gefühl, dass du mit Beziehungen nicht umgehen kannst.«

»Verabredungen machen mir nichts aus, es ist der Rest, mit dem ich nicht umgehen kann.« Als sie ihn mit leerem Blick ansah, erklärte er: »Mir ist beim Abendessen aufgefallen, dass du dich lieber für den Rotwein als für den Weißwein entschieden hast, und zwischen den beiden Rotweinen, die du probiert hast, hast du den dunkleren dem rosa Zeug vorgezogen.«

»Was hat denn mein Weingeschmack damit zu tun?«

»Es hat etwas mit Vorlieben zu tun. Um herauszufinden, was du magst, hast du mehrere Jahrgänge probiert. Wahrscheinlich hast du sogar ziemlich viele probiert, bevor du deinen Lieblingswein gefunden hast. Und irgendwann bist du sogar deines Lieblingsweins überdrüssig, also probierst du neue Weine, um deinen nächsten Lieblingswein zu finden, der deinen Durst stillt.«

»Verstehe ich dich richtig? Hast du wirklich gerade all die Frauen, die du kennenlernst, mit Weinen verglichen, die du nicht trinken willst?«

»Warum sollte man sich dazu zwingen, etwas zu mögen? Sollte der Wein, für den man sich schließlich entscheidet, nicht perfekt sein? Genau wie der Partner, mit dem man sein Leben verbringen will?«

»Und du hast noch nie jemanden kennengelernt, der deine Standards auch nur annähernd erfüllt hat?«

Er öffnete den Mund und sie erwartete, dass er Nein sagen würde. »Nicht bis zu diesem Moment.«

Sie blinzelte bei seiner Anspielung. Wärme breitete sich in ihrer Brust aus, sie freute sich über seine Aussage, trotzdem kam es ihr fast zu perfekt vor. Sie fiel nicht darauf rein. »Ist das deine bescheuerte Art, mir zu sagen, dass es mit mir anders ist? Lass mich raten, ich bin der Champagner unter all den Weinen. Seit du mich kennengelernt hast, bin ich der einzige Wein, den du trinken möchtest.«

»So was in der Art.«

Sie lachte verächtlich. »Also bitte. So naiv bin ich auch nicht.«

»Wieso glaubst du, ich würde lügen?«

»Weil wir uns erst seit was, drei Tagen kennen? Und davon standen wir die meiste Zeit über unter großem Stress. Und das bedeutet, dass du mein wahres Ich überhaupt nicht kennst. Normalerweise verbringe ich meine Wochenenden gern im Pyjama, ernähre mich von Fertiggerichten und löse Puzzle, während ich mir auf Netflix eine Sendung nach der anderen anschaue.«

»Wenn du jetzt noch ein loderndes Feuer im Kamin hinzufügst, hört es sich perfekt an.«

»Du findest das romantisch? Das ist es nicht.«

»Tatsächlich finde ich, dass sich das entspannend und gemütlich anhört. Und das mag ich sehr.«

»Hör auf, so zu tun, als würde diese ganze Sache,

dass ich deine Gefährtin bin, funktionieren. Was auch immer du jetzt für mich zu empfinden scheinst, ist nicht echt. Wenn wir wieder zum normalen Leben übergehen, wirst du schnell feststellen, dass ich nicht die Frau bin, nach der du suchst.«

»Aber was, wenn du es doch bist?«

»Warum stellst du dich in dieser Angelegenheit so stur? Und sag mir jetzt nicht, es ist wegen des Bisses. Fändest du es vielleicht besser, wenn ich einen Schal trage, um ihn zu verstecken?«

»Nein!«

»Schließlich kannst du ja kein dummes Ritual für die Entscheidungen in deinem Leben verantwortlich machen. Und wie du schon gesagt hast, ich bin ein Mensch. Also gelten die merkwürdigen Regeln, die ihr Katzen haben mögt, nicht für mich.«

Er biss die Zähne zusammen und sein Körper versteifte sich vor Wut. »Du willst mich verlassen.«

»Kannst du mir denn einen Vorwurf daraus machen? Schließlich sind die Dinge alles andere als normal, seit wir uns kennengelernt haben.«

Er fuhr sich mit der Hand durchs Haar. »Ich weiß. Und es tut mir leid. Es ist ja nicht so, als hätte ich das alles geplant. Und mit dir habe ich ganz sicher nicht gerechnet.«

»Autsch.«

Schnell stellte er klar: »Das war nicht als Beleidigung gemeint. Du hast mich eben überrascht.«

»Wie ein Schlag ins Gesicht.«

Diesmal war er es, der zusammenschreckte. »So schlimm war es auch nicht.«

»Aber es war nichts, was du dir gewünscht hättest. Was willst du also von mir?«, fragte sie. »Denn in dem einen Moment willst du, dass wir für immer zusammen sind, und im nächsten bist du ein streunender Kater, der sich nie binden wird.«

»Und was ist, wenn ich gern mit dir für immer zusammen sein würde, mir aber Sorgen darüber mache, dass ich ein zu großer Streuner bin, um mich jemals wirklich zu binden?«

»Das ist doch das, was ich gerade gesagt habe.«

»Und das zeigt doch nur, wie verwirrt ich bin. Ich weiß auch nicht, was zwischen uns passiert. Auch für mich ist das alles neu. Ich weiß nur, dass du irgendetwas an dir hast. Ich verzehre mich nach dir, und zwar nicht nur nach deinem Körper, sondern nach deiner Anwesenheit, deiner Stimme. Und wenn du mich berührst ...«, schnurrte er und ließ den Blick zu ihrem Mund wandern.

Die Worte waren die reinste Verführung und sie wehten über ihre Haut, sodass ihre Brüste sich strafften und ihr Becken verkrampfte. »Hört sich eher nach Frust an, weil du nicht zum Schuss gekommen bist, da wir unterbrochen wurden. Wahrscheinlich würdest du die Sache anders sehen, wenn wir miteinander geschlafen hätten.«

Seine Lippen zuckten amüsiert. »Das könnte sein. Und es wäre ganz einfach, der Sache auf den Grund zu gehen.« Er sah zum Bett. Zu dem einzigen Bett.

Sie verstand sehr gut, was er ihr vorschlug. Sex. Mit ihm.

Und sie war versucht, es zu tun. Es war ausgesprochen verführerisch. Aber sie hatte die letzten Tage damit verbracht, in einer Küche zu arbeiten, entführt zu werden – nicht nur einmal, sondern zweimal – und hatte seit Langem nicht mehr geduscht. Obwohl es ihr immerhin gelungen war, ordentlich aufs Klo zu gehen, als sie sich vom Abendessen weggestohlen hatte, um eine Toilette zu finden.

»Lass mich darüber nachdenken.«

Anstatt zu diskutieren, gähnte er. »Ich weiß ja nicht, wie es dir geht, aber ich freue mich auf eine Nacht in einem richtigen Bett.«

Sie blickte zu dem einzigen Bett. Das war doch sicher groß genug, sodass sie beide zusammen darin schlafen konnten, denn sie hatte nicht vor, auf das Bett zu verzichten, nur um ihren sowieso kaum vorhandenen moralischen Standards zu genügen.

»Glaubst du, sie haben uns Pyjamas ausgelegt?«, fragte sie ihn.

Er schüttelte den Kopf und zog sich sein Hemd aus. »Das bezweifle ich stark. Bären sind sogar noch größere Nudisten als Löwen. Es überrascht mich, dass unten alle angezogen waren. Es wird sich allerdings ziemlich schnell ändern, jetzt, da sie ein neues Fässchen herausgerollt haben.«

»Deine Tanten ...«

»Sind wahrscheinlich diejenigen, die mit einer Runde Strip-Poker anfangen.«

Sie rümpfte die Nase. »Deine Familie ist merkwürdig.«

»Allerdings.«

Und dann milderte sie ihre Bemerkung ab, indem sie sagte: »Aber sie lieben dich wirklich.«

»Das stimmt.« Er schenkte ihr ein kleines Lächeln, während er die Hände zum Bund seiner Jogginghose wandern ließ.

Sie wandte sich ab und ihre Wangen glühten. Es war nicht so, als hätte sie ihn noch nicht nackt gesehen, aber jetzt war es etwas anderes.

Vieles von ihrer Wut war verflogen. Sie war aus dem Gröbsten raus. Sie war in Sicherheit. Und ein wunderschöner Mann flirtete mit ihr. Und jetzt wusste sie, was dieser Mann mit ihrem Körper anstellen konnte. War es da ein Wunder, dass es zwischen ihren Beinen kribbelte?

»Komm ins Bett, kleine Erdnuss.«

»Ich muss mich zuerst duschen.« Sie floh vor ihm in den kühlen Waschraum mit dem verzierten Waschbecken, der Waschschüssel und der Toilette mit Bidet – einschließlich eines Heißluftgebläses, das sie schon vom Erdgeschoss her kannte. Hier gab es kein Toilettenpapier. Und eine große Mehrkopfdusche mit einer Glastrennwand und einem Kieselboden, durch den sich wellenförmig eine schwarze Linie aus Steinen zog. Innerhalb weniger Sekunden kam das Wasser heiß aus der Dusche. Sie trat unter den Strahl und seufzte. Es war himmlisch.

Die Glaswand beschlug und sie hob ihr Gesicht in

den Strahl der Dusche. Sie stöhnte. Dann keuchte sie, als sie plötzlich Hände auf ihrer Haut spürte.

»Lawrence?« Sie wirbelte herum und sah, dass er hinter ihr in der Dusche stand. »Was machst du da?«

»Dir beim Duschen helfen, hoffe ich. Oder möchtest du lieber, dass ich gehe?«

Hätte er ihr keine Wahl gelassen, hätte er etwas Dreistes von sich gegeben, hätte sie vielleicht Nein sagen können. Aber er verhielt sich still. Er wartete auf ihre Antwort.

Sie legte ihm eine Hand an die Wange, zog ihn zu einem Kuss herunter und flüsterte: »Ich finde, dass die Dusche groß genug für zwei ist.«

Er stöhnte, als er sie von ihren Füßen hob und sie mit dem Rücken gegen die kalte Fliesenwand drückte. Sie atmete scharf ein. Seine Lippen fingen das Geräusch in einem stürmischen Kuss auf, und das war für sie in Ordnung. Das Ganze war in Ordnung.

Sie wollte ihn. Und genau jetzt, in diesem Moment, wollte er sie.

Obwohl der Kuss anfangs stürmisch war, wurde Lawrence schließlich langsamer und ließ sich Zeit. Er setzte sie langsam ab und lehnte seinen Körper sogar leicht von ihr weg, um mit den Händen die Konturen ihres Körpers nachzufahren. Er berührte sie leicht, strich sanft mit den Fingern über ihre Rippen und dann an ihrer Seite entlang, folgte der leichten Schwellung ihrer Taille und Hüften, bevor er seine Hände tiefer gleiten ließ und ihren Hintern umschlang.

Er zog sie fest an sich. Und sie spürte seinen harten

Schwanz an ihrem Bauch. Er war so unglaublich hart. Für sie. Sie fand die Tatsache, dass er sie so sehr begehrte, sowohl schmeichelhaft als auch erregend.

Er fuhr ihr mit der Hand durchs Haar und neigte ihren Kopf nach hinten, während er sich Zeit nahm, ihre Lippen zu kosten. Die Sinnlichkeit der Berührung löste einen zitternden Schauer in ihr aus. Eine leichte Bewegung reichte, damit sie ihre Brustwarzen an ihm reiben konnte. Sofort verwandelten sie sich in harte Knospen, die über seine Haut strichen, und er erstarrte.

Er hörte auf, sie zu küssen, aber nur, weil er etwas anderes mit seinem Mund vorhatte. Mit leichten Küssen und Bissen glitt er an ihrem Hals hinab. Sie zitterte und wölbte sich, als sich seine Lippen nach unten bewegten, wobei die Stoppeln seines Bartes auf eine aufregende Art über ihre Haut kratzten. Er ließ die Hände, mit denen er ihren Hintern umschlungen hatte, ihren Brustkorb hinaufwandern und umschloss dann damit ihre Brüste.

Er hielt sie in der Hand, drückte sie, schob sie zusammen, um sein Gesicht in der Falte zu reiben. Seine Berührungen sorgten dafür, dass sie ganz feucht wurde und begann, sich zu winden.

Sie wollte nach ihm greifen, doch er hielt sie mit der Hüfte von ihr ab. »Tu das nicht.«

»Warum nicht?«, keuchte sie, während er weiterhin an ihren Brustwarzen saugte, wobei sie jedes Mal ein Strom der Begierde durchfuhr.

»Weil ich nicht möchte, dass es schon vorbei ist.

Und wenn du mich jetzt anfasst …« Er musste es nicht weiter erläutern. Die Begierde, die aus seinen Worten sprach, erregte sie von Kopf bis Fuß.

Er knurrte, sodass sein Mund, mit dem er ihre Brustwarze umschlossen hatte, vibrierte, und sie stöhnte. Sie fuhr mit den Fingern durch sein feuchtes Haar und hielt ihn fest, während er an ihren Brustwarzen saugte. Er biss, saugte und leckte jede einzelne abwechselnd, bis sie ihn schließlich anflehte.

»Lawrence, bitte.«

»Dein Wunsch ist mir Befehl.«

Sie hatte nicht genügend Luft, um zu protestieren, als er auf die Knie fiel, anstatt ihr seinen Schwanz zu geben. Mit den Lippen näherte er sich ihrem Oberschenkel und drückte glühende Brandmale auf ihre Haut. Er fuhr mit einem Finger an der Seite ihres Beines entlang und sie spreizte sie. Er belohnte sie, indem er über ihre Schamlippen strich.

Er neckte sie mit einer einfachen Berührung, beugte sich vor und rieb mit dem Mund über ihre Schamhaare, dann ließ er seine Finger wieder zwischen ihre Beine gleiten und streichelte erneut ihre angeschwollenen Schamlippen. Hin und her, und sie konzentrierte sich so sehr darauf, dass er sie daran erinnern musste: »Atme, kleine Erdnuss, oder besser noch, schrei meinen Namen«, sagte er, bevor er seinen Mund auf ihre Muschi legte.

Du. Meine. Güte. »Ohhh.« Das Stöhnen drang aus ihrem Mund, als er sich auf sie stürzte, seine Zunge schnell und sicher, die Berührungen genau richtig, als er seine Aufmerksamkeit auf ihre Klitoris richtete. Als sie kurz davor war zu explodieren, spürte er es und ließ seine Zunge zwischen ihre Schamlippen gleiten. Und das fühlte sich genauso unglaublich an, also klammerte sie sich an ihn und hielt seinen nassen Kopf fest, unter anderem auch, damit sie nicht hinfiel, weil ihre Knie zu Gelee geworden waren.

Als spürte er ihr lustvolles Dilemma, griff er nach ihren Hüften, was nicht nur half, sie aufrecht zu halten, sondern ihm auch erlaubte, sie aus einem besseren Winkel zu lecken. Und als er mit seinen Lippen an ihrer Klitoris zupfte?

Da konnte sie sich nicht mehr länger zurückhalten. Mit einem Schrei kam sie zum Höhepunkt und ihr Orgasmus rauschte durch sie hindurch und ließ sie pulsieren, keuchen und zittern. Aber er war noch nicht fertig mit ihr. Er stand auf und hob mit einer Hand ihr Bein an, um es um seine Hüfte zu legen, sodass sie weit offen vor ihm stand, als er seinen Schwanz in sie hineinstieß.

Er füllte sie perfekt aus, sein Schwanz war dick und lang, genau richtig gebogen, sodass jeder Stoß sie an dieser speziellen Stelle traf. Mit nur wenigen Stößen erweckte er ihren schwindenden Höhepunkt wieder zu neuem Leben. Er traf ihren G-Punkt immer und immer wieder, und sie atmete in kurzen Stößen. Sie klammerte sich an ihn und als er mit den Lippen nach ihren suchte, war ihr Kuss eher eine Art, noch enger miteinander zu verschmelzen.

Seine Hüften stießen weiter zu und sie fühlte, wie

sich der Orgasmus erneut in ihr aufbaute, wobei sich die Muskeln ihrer Muschi während dieses zweiten Höhepunktes noch fester zusammenzogen. So fest, dass er keuchte.

Als der Höhepunkt schließlich verebbte, war es so, als hätte sie keinen einzigen Knochen mehr im Körper. Er war derjenige, der ihr half, sich einzuseifen und abzuwaschen. Er war derjenige, der sie in ein großes flauschiges Handtuch wickelte und dann ins Bett trug.

Sie wachte morgens auf, wobei er hinter ihr in Löffelchenstellung angekuschelt lag. Sie konnte spüren, wie sein steifer Schwanz an ihrem Hintern pulsierte.

»Morgen, kleine Erdnuss«, murmelte er, sein Gesicht in ihr Haar vergraben.

»Morgen.« Sie konnte ja jetzt nicht wirklich rot werden, nach allem, was sie getan hatten, trotzdem fühlte sie sich ein wenig unbeholfen.

Lawrence hingegen ganz und gar nicht. »Wir haben noch ein bisschen Zeit vor dem Frühstück.« Er rieb sich an ihr.

»Hoffentlich ist dann noch was von dem Speck übrig.«

»Wenn du etwas Salziges möchtest, kann ich dir das gern geben«, knurrte er ihr ins Ohr.

Als er endlich in sie eindrang, keuchte sie und wand sich.

Für jemanden, der eigentlich keinen Morgensex mochte, kam sie ziemlich heftig. So heftig, dass sie das ganze Bett durchweichte.

Kapitel Dreizehn

Charlotte wollte nicht aus dem Badezimmer herauskommen, und Lawrence wusste einfach nicht warum.

»Kleine Erdnuss, was ist denn los?«

»Geh weg.«

»Nicht, bevor du mir sagst, warum du dort reingestürmt bist und die Tür zugesperrt hast.«

»Ist das nicht offensichtlich?«

»Würde ich dich dann fragen?« Denn das fand er viel offensichtlicher.

»Das mit dem Bett tut mir leid.«

»Was ist denn mit dem Bett?«

»Es ist ganz nass«, flüsterte sie voller Entsetzen.

Er grinste. »Ja, das stimmt.« Noch nie hatte sich etwas so gut angefühlt wie die Tatsache, dass sie um seinen Schwanz, der noch tief in ihr steckte, abgespritzt hatte.

»Ich wollte nicht pinkeln.«

Erst jetzt wurde ihm klar, dass sie nicht verstanden hatte, was passiert war. »Du hast nicht gepinkelt. Kleine Erdnuss, du bist eine Spritzerin. Du bist so heftig zum Orgasmus gekommen, dass du tatsächlich *abgespritzt* hast.«

»Bäh. Ekelhaft.« Er hörte, wie die Tür ächzte, als sie sich dagegen fallen ließ. »Ihren Saft durch die Gegend zu spritzen ist etwas, was diese Fruchtsaftbonbons tun, aber doch nicht ich.«

»Weil du bis jetzt noch nicht den richtigen Mann getroffen hast.«

»Wage es ja nicht, jetzt ganz arrogant raushängen zu lassen, dass du so großartig beim Sex bist.«

»Würdest du dich besser fühlen, wenn ich dir sage, dass du die erste Frau bist, die bei mir abgespritzt hat? Und ich empfinde das als ausgesprochen großes Kompliment.«

Sie öffnete die Tür einen Spaltbreit und spähte hinaus. »Ich konnte einfach nicht anders. Es war ...«

»Der beste Sex deines Lebens. Gern geschehen.«

Sie rümpfte die Nase. »Vielen Dank, dass du mich daran erinnert hast, dass du eine männliche Schlampe bist.«

»Willst du, dass ich mich schäme?« Er zog eine Augenbraue hoch.

»Es ist nur eine Feststellung.«

»Das war alles, bevor ich dich kennengelernt habe.«

»Und jetzt erwartest du tatsächlich von mir, dass ich dir glaube, dass du plötzlich zu einem Mann geworden bist, der sich mit einer einzigen Frau zufriedengibt?« Sie machte die Tür ein wenig weiter auf. »Also bitte. So naiv bin ich nun auch nicht.«

»Warum denn nicht?«

»Weil du meiner schnell überdrüssig werden würdest. Ich bin weder ein Löwe noch ein Bär. Oder sonst irgendetwas Interessantes. Ich bin einfach nur ich.«

»Genau.«

Sie verdrehte die Augen. »Du hast doch schon mit mir geschlafen. Du brauchst dich also nicht mehr bei mir einzuschleimen.«

»Wie ich sehe, werden wir an deinem Problem, mir zu vertrauen, arbeiten müssen.«

»Es gibt kein Vertrauensproblem, da wir kein Paar sind.«

»Wenn du es sagst, kleine Erdnuss.« Aber da war er sich gar nicht so sicher wie sie. Denn obwohl er natürlich auch seine Bedenken hatte, was ihre Verbindung anging, so musste er etwas zugeben: Bis jetzt langweilte er sich noch nicht.

»Was hältst du davon, wenn wir uns etwas zu essen holen? Ich habe einen Riesenhunger.«

Beim Frühstück befanden sich ziemlich viele Leute, die einen Kater hatten. Die Tanten allerdings nicht. Sie konnten jeden Mann und auch jede Frau unter den Tisch trinken.

Erst als er mit dem Essen fast fertig war, fragte er seine Tanten: »Wann brechen wir auf?«

»Wir brechen noch nicht auf, aber wenn du möchtest, kannst du den Wagen nehmen«, bot Lenore an, die bereits bei ihrem zweiten Teller mit Pfannkuchen angelangt war.

»Ihr bleibt noch? Warum?«

»Wir haben da noch ein paar Dinge zu erledigen.« Lenore zwinkerte irgendeinem Typen auf der anderen Seite des Saales zu. Der erbleichte.

Lawrence hätte vielleicht angefangen zu diskutieren, doch wenn sie nicht mitkommen wollten, bedeutete das, dass er mehr Zeit mit Charlotte alleine hatte. Zeit, sich besser kennenzulernen, nur dass sie nicht viel sagte. Es gab nichts zu packen und so waren sie schon bald unterwegs.

Mit jedem Kilometer, den sie zurücklegten, schien sie sich weiter von ihm zu entfernen, doch erst als sie am Stadtrand ankamen, fand er heraus warum.

»Wohin fährst du?«, wollte sie wissen.

»Zu meinem Hotel.«

»Würde es dir etwas ausmachen, mich erst bei meiner Wohnung abzusetzen?«

»Ich fürchte, das geht leider nicht.«

»Und warum nicht?«

»Also vor allem, weil ein paar Verbrecher hinter uns her sind.«

»Hinter uns oder hinter dir?«

»Und selbst falls sie aufgegeben haben sollten,

haben wir noch einen zweiten, weitaus bedeutenderen Grund zusammenzubleiben. Oder hast du schon vergessen, was ich dir über deinen Biss am Hals erzählt habe?« Sie schien ihre Verbindung nicht sonderlich ernst zu nehmen, aber bei ihm wurde die Überzeugung, dass diese ganze Geschichte etwas Ernstes war, immer stärker.

Sie stöhnte. »Fang nicht schon wieder damit an. Du hast mich gebissen. Wir haben miteinander geschlafen. Die Sache hat sich erledigt. Wir wissen doch beide, dass unsere Beziehung keine Zukunft hat.«

»Bist du dir dessen wirklich sicher?« Er musste ihr nur sanft die Hand auf den Oberschenkel legen, und schon konnte er spüren, wie sie erschauderte.

»Na und, dann fühlen wir uns eben immer noch zueinander hingezogen. Das ist keine große Sache. Wenn du möchtest, können wir noch einmal miteinander schlafen, bevor ich verschwinde.«

»Verschwinden? Wo willst du denn hin?«

»Nach Hause. Zurück nach Amerika.«

»Und was ist mit deinem Bruder, wolltest du ihn nicht suchen?«

»Ich glaube, ich sollte die Suche langsam aufgeben. Ich habe kein Geld mehr. Keine weiteren Hinweise. Gar nichts. Ich verschwende hier meine Zeit.«

»Ich habe doch versprochen, dir zu helfen.«

»Und wie? Er ist schon vor Monaten verschwunden und während all der Zeit habe ich nichts herausgefunden.«

»Ich habe Verbindungen. Gib mir ein paar Tage Zeit und ich habe ein paar Infos für dich.«

»Lass es. Misch dich einfach nicht ein.«

Nur durch eine seltsame Eingebung erriet er ihre Angst. »Du hast Angst, dass wir bei unserer Suche nach Peter herausfinden, dass er tot ist.«

Sie zuckte zusammen. »Jetzt kann ich so tun, als wäre er noch am Leben und einfach verschwunden. Mir bleibt noch die Hoffnung.« Ihre Lippen bebten.

»Oh, kleine Erdnuss.« Er hätte sie am liebsten fest in seine Arme geschlossen, doch sie blieb distanziert. Sie war nicht mehr die leidenschaftliche Frau von heute Morgen, die er so unglaublich heftig zum Orgasmus gebracht hatte.

»Ich will dein Mitleid nicht.«

»Es nennt sich Mitgefühl.«

»Wie du meinst. Um zu meiner Wohnung zu kommen, musst du hier abbiegen.«

»Wir fahren zu meinem Hotel.«

»Ich habe dir doch gesagt ...«

Er fiel ihr ins Wort. »Für den Fall, dass du es schon vergessen hast, du wurdest vor ein paar Tagen entführt.«

»*Du* wurdest entführt. Ich war nur zur falschen Zeit am falschen Ort.«

»Tatsächlich? Dabei könnte es sein, dass ich nicht derjenige war, nachdem sie gesucht haben.«

»Wovon redest du?«, entgegnete sie viel zu hastig.

»Stell dich nicht dumm. Was, wenn es bei der

ganzen Sache nicht um mich ging und ich derjenige war, der zur falschen Zeit am falschen Ort war?«

»Du warst doch derjenige, der behauptet hat, sie wären hinter dir her.«

»Eine berechtigte Annahme, wenn man bedenkt, dass ich dazu tendiere, die Leute zu verärgern, aber im Nachhinein betrachtet könnte ich mich geirrt haben. Niemand hat mich je nach meinem Namen gefragt. Was mich zu der Frage veranlasst, was wäre, wenn ich nie ihre Zielperson war, sondern du? Was glaubst du, in welche Art von Geschäften dein Bruder verwickelt ist?« Sie presste die Lippen zu einer dünnen Linie zusammen, und damit hatte er seine Antwort. »Nehmen wir mal für einen Moment an, dass diese Leute hinter deinem Bruder her wären. Das würde ja immerhin bedeuten, dass er nicht tot ist, sondern sich versteckt.«

»Wäre es dann nicht besser, ihn in Ruhe zu lassen, bis die Verbrecher aufgehört haben, nach ihm zu suchen? Was, wenn wir sie zu ihm führen?«

»Was, wenn er unsere Hilfe braucht?«

Sie biss sich auf die Unterlippe, woraufhin er fast eifersüchtig wurde. »Wenn er in dieser Art von Schwierigkeiten steckt, sollten wir am besten zur Polizei gehen.«

»Du möchtest die russische Polizei alarmieren?« Er zog eine Augenbraue hoch. »Also möchtest du, dass er im Gefängnis landet?«

Sie seufzte lange und laut. »Was wäre denn dein Vorschlag?«

»Lass mich meine Fühler ausstrecken, nachforschen, ob Leute aus meinem Netzwerk ihn gesehen oder von ihm gehört haben. Gleichzeitig kann ich versuchen, mehr über die Leute herauszufinden, die uns entführt haben. Ich will nur sehen, ob sie es auf deinen Bruder abgesehen haben, und wenn ja, was sie von ihm wollen.«

»Geld kann es nicht sein. Er hatte noch nie welches und ich zweifle stark daran, dass er irgendwo einen Schatz versteckt hat. Seine Wohnung habe ich schon durchsucht. Dort ist gar nichts.«

»Dann wird es dir ja nichts ausmachen, wenn ich später selbst mal nachschaue.«

»Wieso später? Wir können doch gleich hinfahren.«

»Jetzt sind wir schon vor dem Hotel.« Er zeigte darauf. »Und es ist schon Stunden her, seit ich dich das letzte Mal zum Höhepunkt gebracht habe.«

»Lawrence!« Sie sagte seinen Namen so aufgebracht, dass er lachen musste.

»Was soll ich sagen? Ich bin süchtig nach dir.«

Er hielt vor dem Hotel an und ein Pförtner näherte sich, der bereit war, ihr aus dem Wagen zu helfen. Lawrence bewegte sich schnell genug, um ihn abzufangen, indem er über die Motorhaube des Wagens glitt und rechtzeitig auf der anderen Seite ankam, um den Pförtner mit der Hüfte beiseitezustoßen, die Tür zu öffnen und ihr die Hand zu reichen.

Sie beäugte erst seine Hand und dann ihn, bevor

sie sie ergriff. Er zog sie heraus und hielt sie einen Moment länger als nötig fest.

»Musstest du ihn wirklich so aus dem Weg stoßen? Er hat doch nur versucht, seinen Job zu machen.«

»Ja«, grinste er völlig ohne Reue.

»Du bist schlimm.«

»Der Schlimmste«, stimmte er ihr zu.

Sie wankte ein wenig auf den Füßen und sah völlig erschöpft aus.

»Möchtest du, dass ich dich trage?«

Sie schüttelte den Kopf. »Was würden die Leute sagen?«

»Ich kann dir versichern, dass das Hotel gut bezahlt wird, um bestimmte Dinge einfach unbemerkt durchgehen zu lassen.«

»Noch mehr Geheimnisse«, murmelte sie.

»Aber nicht mehr lange. Wenn du mir die Chance gibst, werde ich dir alles sagen, was ich dir sagen kann.«

»Und was, wenn ich es gar nicht wissen will?«

»Wäre es dir lieber, wenn ich dir nichts erzähle?«

Sie presste die Lippen zusammen. »Ich bin zu müde, um zu denken. Frag mich morgen noch mal.«

Sie fiel in Gleichschritt mit ihm und verkrampfte sich erst, als sie an den Pförtnern vorbeikamen. Positiv zu vermerken war, dass ihnen trotz ihres erbärmlichen Aussehens die Türen ohne ein Wort weit offen gehalten wurden.

Es waren nicht viele Leute anwesend, was sich als Glücksfall erwies. Sie schafften es bis zu seiner Suite, ohne jemand anderem zu begegnen. Er zog sofort seine Schuhe aus und begab sich zur Minibar. Sie blieb wie erstarrt an der Tür stehen.

»Steh da nicht so rum. Mach es dir gemütlich. Wenn du duschen möchtest, es gibt im Badezimmer einen Morgenmantel für dich.«

»Eine Dusche klingt verlockend.«

»Du kannst so lange und heiß duschen, wie du möchtest, kleine Erdnuss.«

Das waren die magischen Worte, die ihr schließlich ein Lächeln aufs Gesicht zauberten. »Das könntest du bereuen.«

Das tat er, aber nur, weil sie dort lange Zeit allein war. Nackt. Wohingegen er sich mit dem zweiten, kleineren Badezimmer mit einer einfachen Dusche begnügte. Aber sie erfüllte ihren Zweck und er widerstand der Versuchung, zu ihr zu gehen.

Es war Folter, aber er wollte, dass sie sich entspannte. Sie war erschöpft. Sie war in seiner Gegenwart auf der Hut. Außerdem war er auch neugierig, was passieren würde, wenn er nicht den ersten Schritt machte.

Als sie herauskam, bedeckt von weißem Frottee, die Haare in ein Handtuch gewickelt, die Brille schief auf der Nase, lag er mit dem Handy in der Hand auf dem Sofa. Er hatte sich von der Rezeption einen Ersatz schicken lassen und ging nun einige Nachrichten durch. In den meisten wurde davon ausgegangen, dass er wieder auf Sauftour gegangen war oder sich vor einem wütenden Vater oder Ehemann versteckte.

Hatten die Leute wirklich so einen schlechten Eindruck von ihm?

»Wie fühlst du dich?«

»Endlich wieder wie ein Mensch.«

Er schnaubte belustigt. »Sollte das vielleicht ein schlechter Scherz sein?«

»Ich hatte ganz vergessen, dass du ein Kätzchen bist. Duscht ihr überhaupt und nehmt Bäder oder leckt ihr euch einfach sauber?«, fragte sie, wobei in ihren Augen der Schalk glitzerte.

»Schon allein dafür gebe ich dir vielleicht nicht die Kleider, die ich für dich bestellt habe. Du siehst ohne Kleider sowieso besser aus.«

»Lawrence!«

»Stimmt doch.« Es gefiel ihm ausgesprochen gut, dass sie daraufhin errötete.

»Was riecht hier so lecker?«, fragte sie und hielt ihren Bademantel oben am Hals fest zu. Ihre Verlegenheit amüsierte ihn, besonders angesichts der Tatsache, dass er sie noch vor Kurzem an ihren intimsten Stellen geleckt hatte.

»Ich habe uns etwas zu essen bringen lassen.«

Bei ihrem freudigen Gesichtsausdruck wünschte er sich, dass nicht die Speisen dafür verantwortlich gewesen wären.

»Und wo ist es?«

Er stand auf, aber bevor er darauf zeigen konnte, lief sie praktisch auf den Servierwagen und die abgedeckten Teller zu. Sie schnappte sich einen Teller, der mit Hühnchen, Kartoffeln und einer Art Sahnesoße mit Gemüse gefüllt war. Sie benutzte ein Brötchen, um die Soße aufzusaugen, und verschlang es.

Er aß auch, ganz ruhig, und wartete darauf, dass sie die Unterhaltung begann, weil er sich nicht sicher war, wie er anfangen sollte. Erst nachdem sie sich stöhnend durch das Dessert – eine schaumige Mischung mit Zucker und Früchten – gearbeitet hatte, fand sie endlich ihre Sprache wieder.

»Das hat gutgetan.«

»Nur gut?«

»Es hat mir gefehlt, mit den Fingern zu essen.« Ihr Blick blieb an seinen Fingern hängen und sein Schwanz wurde steif.

Erinnerte sie sich auch daran, was er mit diesen Fingern getan hatte? Wie sich sein Mund auf ihrer Haut angefühlt hatte? »Mein Hunger ist noch nicht gestillt.«

»Ich glaube nicht, dass noch etwas übrig ist.« Sie sah erst den Tisch und dann ihn an.

»Ich habe auch nicht behauptet, dass ich etwas essen möchte.«

Sie zog scharf die Luft ein.

»Die Frage ist doch, bin ich schlecht darin?« Er zog eine Augenbraue hoch und neckte sie ein wenig, um den Moment etwas aufzulockern. »Schließlich hast du ja behauptet, dass ich niemals eine zweite Verabredung habe, weil ich vielleicht ein schlechter Liebhaber bin.«

Die Tatsache, dass er sie daran erinnerte, brachte sie zum Grinsen. »Bist du deswegen immer noch sauer? Willst du, dass ich dir sage, dass es in Ordnung war?«

»In Ordnung?«

»Na gut, es war gar nicht so schlecht.«

»Du machst mich fertig, kleine Erdnuss.«

»Wäre es dir lieber, wenn ich dir sage, dass man das Gefühl hat, als wäre man in einen Wirbelsturm geraten, wenn man mit dir zusammen ist, und wenn alles vorbei ist, kommt man völlig erledigt daraus hervor?«

Er starrte sie an. »Das heißt, dass ich wirklich schlecht darin bin.«

Sie lachte. »Ganz im Gegenteil, du bist viel zu gut. So gut, dass ich weiß, dass ich mich in deiner Gegenwart nicht selbst beherrschen kann.« Sie stand auf, biss sich auf die Unterlippe und ging auf ihn zu, bis sie vor ihm stand. Ihre Wangen waren knallrot, als sie sagte: »Warst du nicht derjenige, der behauptet hat, so ungeduldig zu sein, dass er mich nicht mal nach Hause bringen konnte?«

»Ist das eine Beschwerde?«

»Ich frage mich nur, ob du zu deinem Wort stehst.«

»Setz dich auf meinen Schoß, dann zeige ich es dir.«

Sie setzte sich auf ihn. Ihr Morgenrock ging auf, was bedeutete, dass er innerhalb von Sekunden in ihr war. Sie ritt auf ihm, ihre Finger an die Stuhllehne gekrallt, den Kopf nach hinten geworfen, sodass ihr nasses Haar herabhing und ihr Körper sich auf ihm wand.

Er tat sein Bestes, um mit ihr im Takt zu bleiben, seine Haut war heiß, wobei ihr Körper ihn willkommen hieß. Als sie schließlich zum Orgasmus kam, konnte er nicht anders, als mit ihr zu kommen.

Es war ein unglaublich gutes Gefühl. Und schon sehnte er sich erneut danach. Aber es konnte warten, bis sie sich ausgeruht hatten, war sein letzter Gedanke, als sie in seinen Armen einschlief.

Kapitel Vierzehn

Warum musste es sich so gut anfühlen?

Das war Charlottes einziges Bedauern, als sie sich aus dem Bett mit dem großen ausgestreckten Mann schlich. Ihrem Liebhaber. Und wenn man ihm Glauben schenken durfte, ihrem Lebensgefährten.

Es wäre leicht und angenehm, sein Angebot anzunehmen. Den Sex zu genießen. Die Aufmerksamkeit. Das Gefühl, dass sie nicht nur würdig war, sondern geliebt wurde.

Sie brauchte jedoch keine Kristallkugel, um zu sehen, dass sie dem Untergang geweiht waren. Nicht nur, weil er ein Löwe und viel zu hübsch für sie war.

Alle sagten ihr immer wieder, er wäre nicht der Typ, der sich für immer mit nur einer Frau zufriedengibt, und sie war nicht so dumm, auch nur eine Sekunde lang zu glauben, dass sie diese Frau sein könnte, wenn es eine solche denn überhaupt gäbe. Das Problem war, dass sie anfangen könnte zu hoffen, wenn sie bei ihm bliebe. Es war mittlerweile schon so weit, dass ein Teil von ihr Schmetterlinge im Bauch hatte, wenn er sie mit seinem sanften Ausdruck ansah. Sie sehnte sich nach seiner Berührung.

Es wäre das Beste, jetzt zu gehen, solange sie der Versuchung widerstehen konnte.

Nur gab es ein Problem.

Lawrence erwischte sie, als sie im Begriff war, die Hotelzimmertür zu öffnen. »Wo willst du denn hin?«

Sie zog die Nase kraus. Sie hatte gehofft, eine Konfrontation zu umgehen. »Ist das nicht offensichtlich? Ich gehe.«

»Und offensichtlich hast du das auch gut durchdacht. Denn ich frage mich, was du ohne deine Brieftasche und dein Geld tun wirst?«

»Ich trampe.« Und das war zugegebenermaßen das größte Problem an ihrem Plan.

»Du willst lieber trampen, als mich zu wecken? Du kannst es wohl nicht erwarten, von mir wegzukommen?«

Ja, denn je mehr Zeit sie mit ihm verbrachte, umso mehr spielte sie all die Gründe herunter, warum sie sich nicht mit ihm einlassen sollte. »Das Ganze hat wirklich Spaß gemacht, aber du hast dein eigenes Leben. Und ich habe meins.« Zumindest so was in der Art.

»Du kannst nicht einfach so abhauen, kleine Erdnuss. Es gibt noch Sachen, die wir regeln müssen.«

»Kann ich doch.« Sie öffnete die Tür, konnte

jedoch nicht hindurchgehen, da die Tanten den Ausgang blockierten.

»Du gehst nirgendwohin«, fauchte Lena und drängte sich an ihr vorbei ins Zimmer.

»Ihr könnt mich nicht aufhalten.«

Lacey hörte sich fast bedauernd an, als sie erklärte: »Es tut mir wirklich leid, meine Liebe, aber in dem Fall hat sie wirklich absolut recht. Wir können nicht zulassen, dass du gehst.«

»Wie bitte? Das ist doch nicht eure Entscheidung.«

»Doch, das ist es. Wir sind für die Sicherheit des Rudels verantwortlich«, erklärte Lenore und schnippte dabei mit den Fingern. »Deswegen sind wir auch diejenigen, die entscheiden, wer eine Bedrohung darstellt.«

»Was denn für eine Bedrohung? Ihr seid ungefähr doppelt so breit wie ich«, entgegnete Charlotte.

»Das ist ja ziemlich gemein von dir«, erklärte Lenore hitzig.

Lena, die als Letzte eintrat, fügte hinzu: »Es ist schließlich nicht Lenores Schuld, dass sie keinerlei Selbstbeherrschung hat, wenn es um Nachtisch geht.«

»Du musst gerade was sagen.«

»Ein paar von uns gehen eben ins Fitnessstudio.« Lena spannte ihren Bizeps an.

Lenore lachte. »Wollt ihr euren Streit mit Armdrücken beilegen?«

»Können wir das bitte auf später verschieben?«, erklärte Lacey genervt. »Wir haben unsere wunderbar warme Höhle verlassen, und zwar nur wegen des Charlotte-Problems.«

»Ah ja, die sogenannte Lebensgefährtin unseres Neffen.«

»Was heißt hier sogenannt«, sagte er von seinem Platz auf dem Sofa aus, den er inzwischen eingenommen hatte. »Sie gehört mir.«

»Für mich sieht es eher so aus, als hätte sie damit ein Problem«, erklärte Lenore.

»Und dann muss sie damit klarkommen«, bellte Lena.

Als würde sie sich bei so einer wichtigen Entscheidung unter Druck setzen lassen. »Entschuldigt bitte, aber es ist mein Leben, in das ihr euch einzumischen versucht. Ich habe einer Hochzeit mit eurem Neffen nie zugestimmt. Und wenn er jetzt schon findet, dass ich schwierig bin, dann wartet mal ab, wie es sein wird, wenn ihr versucht, mich zu einer Gefangenen zu machen.«

»Wir haben kaum eine andere Wahl«, bemerkte Lenore und ließ sich neben Lawrence auf die Couch fallen. »Tatsache ist, dass du über ein Geheimnis Bescheid weißt, das uns sehr, sehr wichtig ist. Du bist nur noch am Leben, weil es unserem Knurri nicht gefallen würde, wenn wir dich töten.«

»Mich töten? Was zum Teufel stimmt mit euch nicht?«, rief Charlotte. Sie wirbelte zu Lawrence herum. »Willst du zulassen, dass sie so mit mir redet?«

»Niemand wird dich umbringen.«

Sie schürzte die Lippen. »Ich lasse mich von euch nicht als Gefangene halten.«

»Dann musst du selbst aktiv werden«, fuhr Lena

sie an. »Sieh nicht zu meinem Neffen und hoffe darauf, dass er dich rettet. Rette dich selbst.«

Charlotte kniff die Augen zu Schlitzen zusammen. »Das habe ich ja versucht, aber ihr habt mich nicht gehen lassen.«

»Weil du uns erst beweisen musst, dass du keine Bedrohung darstellst.«

»Und wie soll ich das anstellen, wenn ihr mich einsperrt?«, versuchte sie verzweifelt, ihnen klarzumachen.

»Da hat sie allerdings recht«, stellte Lawrence fest. Er war über den Wohnzimmertisch gebeugt und hatte eine digitale Speisekarte aufgerufen, von der er etwas auswählte.

»Ooh, falls du dabei bist, Frühstück zu bestellen, ich brauche etwas Protein. Eier. Speck. Würstchen. Schinken«, zählte Lenore auf. »Aber keine Kartoffelpuffer. Ich achte darauf, nicht zu viele Kohlenhydrate zu mir zu nehmen.«

»Ich hätte gern ein paar Gebäckstücke, denn solche Probleme habe ich nicht«, erklärte Lacey grinsend.

»Bestellt euch euer eigenes Frühstück in eurem Zimmer«, befahl Lawrence. »Ich bestelle nur für mich und meine kleine Erdnuss.«

»Wir können nicht gehen. Sie stellt ein Sicherheitsrisiko für das Rudel dar, und das bedeutet, wir dürfen sie nicht aus den Augen lassen.«

»Ihr wollt mich wohl verarschen«, entgegnete Charlotte leise. »Ihr könnt mich nicht verfolgen.«

»Werden wir aber trotzdem«, erklärte Lena ernsthaft.

»Zumindest so lange, bis wir uns sicher sind, dass wir dir vertrauen können«, fügte Lacey hinzu und zuckte entschuldigend mit den Schultern.

»Lawrence?« Sie wandte sich zu ihm um und sah ihn fragend an.

»Ja, Lawrence, was willst du jetzt machen?«, reizte ihn seine Tante Lenore.

Er rieb die Stelle zwischen seinen Augenbrauen. »Kann das nicht bis nach dem Frühstück warten?«

»Ich denke, da habt ihr eure Antwort«, entgegnete Charlotte kalt. Sie bewegte sich in Richtung Tür, fest entschlossen zu gehen. Würden sie es wagen, Hand an sie zu legen?

Lacey versuchte, sich ihr in den Weg zu stellen. »Entschuldige, aber wir können dich nicht gehen lassen.«

Es war die Tatsache, dass Lena nach ihrem Arm griff, die dafür sorgte, dass Charlotte durchdrehte. »Lass mich sofort los.«

Der scharfe Anpfiff sorgte dafür, dass Lawrence knurrte: »Lass sie los.«

»Das werde ich, wenn sie sich benimmt.«

»Sofort.« Es war nur ein einziges, drohendes Wort, das er aussprach, während er sich gleichzeitig von der Couch erhob.

Seine Tante Lena zog eine Augenbraue hoch und löste ihren Griff um Charlotte. »Hast du mich wirklich gerade bedroht?«

»Niemand rührt meine Lebensgefährtin an.«

»Es ist unsere Aufgabe, das Rudel zu beschützen. Sie stellt eine Bedrohung dar«, gab Lenore zu bedenken.

»Ich werde es niemandem sagen.« Doch keiner schien ihr zu glauben.

»Das behauptest du. Doch irgendwann betrinkst du dich und dann fängst du an zu reden ...« Lena machte mit Daumen und Zeigefinger eine Bewegung, die aussah wie ein plapperndes Mundwerk. »Dann fangen die Leute an zu reden und wir müssen wieder ein paar Selbstmorde vortäuschen ...« Sie schüttelte den Kopf. »Dabei können wir das alles hier und jetzt vermeiden.«

Sie erschauderte und hörte erst auf zu zittern, als Lawrence sich hinter sie stellte. Er berührte sie nicht und trotzdem konnte sie seine Wärme spüren. Sie machte einen Schritt zurück und lehnte sich an ihn, wobei sie unbewusst seine Nähe suchte. Er legte einen Arm um ihren Oberkörper und seine Hand auf ihren Bauch, die Finger leicht um ihre Taille geschlungen.

Seine Stimme war ein leises Knurren, als er sagte: »Hört jetzt mit den Drohungen auf. Charlotte ist nicht euer Problem.«

»Du hast sie zu unserem Problem gemacht, als du sie aus Versehen zu deiner Lebensgefährtin gemacht hast.« Lenore zeigte mit dem Finger auf ihn, näherte sich ihm aber nicht. Er war ihr Schild gegen die Wut seiner Tanten.

»Was, wenn es kein Versehen war? Geht es bei

diesem ganzen Bund nicht darum, die richtige Partnerin zu finden?«

»Doch, genau darum geht es. Aber dieses Mädchen hasst dich.«

»Ich hasse ihn nicht«, erwiderte Charlotte. Und das tat sie wirklich nicht. Ihre Gefühle für ihn waren komplizierter.

»Aber du willst auch nicht mit ihm zusammen sein«, schalt Lenore sie.

»Gib den beiden doch eine Chance. Sie haben sich erst vor ein paar Tagen zum ersten Mal getroffen. Sie sind noch in der Phase, wo sie einander kennenlernen müssen.« Lacey versuchte, die Stimme der Vernunft zu sein. »Sie müssen mehr Zeit miteinander verbringen, und das bringt mich auf eine tolle Idee. Ich kenne da eine tolle Bäckerei, wo wir einen Haufen Spaß haben können.«

Lawrence kniff misstrauisch die Augen zusammen. »Ist das der Laden aus deinem Ordner?«

»So ein Blödsinn, Knurri«, erklärte Lacey und klimperte mit den Wimpern. »Als würde ich mich so lange vor der eigentlichen Veranstaltung um das Gebäck kümmern.«

»Was denn für eine Veranstaltung? Und über was für einen Ordner sprecht ihr?«, wollte Charlotte wissen, da sie überhaupt nicht wusste, worum es ging.

»Vergiss den Ordner. Er ist nicht wichtig. Wie wäre es, wenn wir nach dem Frühstück in die Wohnung deines Bruders fahren?«

Kaum hatte er ihr das Angebot gemacht, schüttelte

Lena bereits vehement den Kopf und erklärte nachdrücklich: »Nein.«

»Warum nicht?«

»Ihr könnt hin, nachdem wir dort nachgesehen und uns davon überzeugt haben, dass es sauber ist.«

»Sauber wovon?«, hakte Charlotte aufgebracht nach. »Wie könnt ihr es wagen anzudeuten, ich sei dreckig!« Sie war sauer und er legte seine Hand flach auf ihren Bauch, damit sie wusste, dass er da war. Sie sah hoch und über ihre Schulter und stellte fest, dass er sie anlächelte, während er es ihr erklärte.

»Meine Tanten machen sich Sorgen um Abhörgeräte und Überwachung.«

»Oh.« Das machte allerdings mehr Sinn. »Und wer sollte zuhören?«

»Die Feinde deines Bruders. Unsere Feinde. Wir müssen eben vorsichtig sein.«

Ein Klopfen an der Tür kündigte den Zimmerservice an. Lawrence scheuchte sie aus dem Raum, während der Hotelmitarbeiter das Tablett auf den Tisch stellte.

Die Tanten versuchten, sich dem Tisch zu nähern, aber Lawrence stellte sich ihnen in den Weg. »Raus mit euch.«

»Wir haben dir doch gesagt …«

»Raus mit euch.« Er verschränkte die Arme. »Ich werde euch nicht noch mal bitten.«

»Wenn du so bist, dann, na gut, gehen wir eben. Vorläufig«, drohte Lenore.

Bevor Lena ging, stieß sie Lawrence mit dem

Finger vor die Brust. »Solange sie in deiner Obhut ist, werden wir ihr vertrauen, aber in der Sekunde, in der sie den Mund aufmacht …« Sie fuhr sich mit dem Finger über die Kehle.

»Ich liebe dich auch, Tantchen«, trällerte Charlotte.

»War sie da gerade unverschämt zu mir?«, rief Lena. Sie wollte erneut ins Zimmer marschieren, doch Lawrence machte einen Schritt zur Seite und blockierte ihr den Weg.

»Lasst uns alle frühstücken. Ich bin mir sicher, dass wir uns besser fühlen, sobald wir etwas gegessen haben.«

Der Speck half Charlotte definitiv dabei, in bessere Stimmung zu kommen, besonders weil sie den Tanten mit einem Stück Schinken zum Abschied winkte. Das bedeutete, dass sie Laceys prüfenden Blick erhaschte, und sie hätte schwören können, gehört zu haben, wie jemand das Wort »Schleier« murmelte.

So ein seltsames Trio. Und blutrünstig. Deshalb fragte sie, als die Tür sich geschlossen hatte und sie endlich allein waren: »Würden sie mich wirklich töten?«

»Ohne mit der Wimper zu zucken.«

»Im Ernst?«, fragte sie eingeschnappt. »Und das würdest du zulassen?«

»Es steht mir nicht zu, ihnen etwas zu verbieten, das gibt es bei uns nicht. Meine Tanten können tun und denken, was sie wollen.«

»Selbst wenn es bedeutet, dass sie mich töten?«

»Sie können es ja versuchen. Ich habe nie behauptet, dass es ihnen gelingen würde.« Er saß auf einem Stuhl direkt neben ihr und setzte sich nicht ihr gegenüber hin, damit er nahe genug war, um eine Hand auf ihren Oberschenkel zu legen. Ein Zeichen von Zuneigung oder Besitztum? Ein bisschen von beidem, was sie nicht störte.

»Sie hassen mich.«

»Das ist ja auch verständlich. Ich meine, du bist fürs Leben mit ihrem Lieblingsneffen vereint.«

»Und das heißt, wenn ich die Sache mit dir in den Sand setze, bin ich im Eimer.«

»Hör auf, dir Gedanken um sie zu machen.«

»Du hast leicht reden, dich haben sie ja nicht bedroht.«

»Hör zu, wenn sie dich tot sehen wollten, lägst du bereits irgendwo in einem unmarkierten Grab.«

»Das ist nicht gerade beruhigend«, fuhr sie ihn an.

»Was soll ich sagen? Sie wollen mich eben beschützen.«

»Sie sind Psychopathen.«

»Eigentlich nicht. Sie haben Mitgefühl und es gibt sogar Leute, die sie lieben, allerdings können sie auch ziemlich rücksichtslos sein, wenn es darum geht, diejenigen zu beschützen, die ihnen wichtig sind.«

»Soll das etwa bedeuten, du heißt ihr Verhalten gut?« Wie konnte er ihre Worte und Taten gutheißen?

»Nicht wirklich, aber gleichzeitig ist es ziemlich schwer, sie aufzuhalten, wenn sie sich etwas in den Kopf gesetzt haben.«

»Was wirst du tun, wenn sie mir nachstellen?«

»Ich werde jedenfalls nicht zulassen, dass sie dich töten.« Er rieb mit seinem Daumen über ihre Unterlippe.

»Das ist keine richtige Antwort.«

Er seufzte. »Weil es ziemlich kompliziert ist. Sie sind die einzige Familie, die ich habe. Sie haben mich großgezogen, nachdem meine Eltern gestorben waren.«

»Und ihnen ist noch nicht aufgefallen, dass du mittlerweile erwachsen bist.«

»Es geht dabei nicht nur um mich. Es geht um das ganze Rudel.«

»Das was?« Sie hatten das Rudel schon vorher einmal erwähnt, aber sie hatte das Gefühl, dass er nicht das meinte, was sie dachte.

»Ich gehöre zur Pride Gruppe. Mein König heißt Arik.«

»Ihr habt einen König der Löwen?« Sie kicherte. »Heißt sein Sohn vielleicht Simba?«

»Tatsächlich hat er eine Tochter namens Lisa. Aber darum geht es nicht. Das Rudel ist alles und unsere erste Regel besteht darin, immer dafür zu sorgen, dass es in Sicherheit ist.«

»Das verstehe ich, aber ich stelle keine Bedrohung dar.«

»Leider entspricht das nicht ganz der Wahrheit. In dem Moment, in dem du von unserer Existenz erfahren hast, wurdest du zur Bedrohung.«

»Und warum hast du's mir dann gesagt?«, fragte sie.

»Mir blieb ja keine andere Wahl, da meine Tanten es dir bei der Hütte gezeigt hatten.«

»Und warum haben sie das getan?«, fragte sie. »Ich meine, wenn sie riechen konnten, dass ich ein Mensch bin, warum haben sie dann ihr Geheimnis preisgegeben?«

Er runzelte die Stirn. »Weißt du was? Das ist eine gute Frage. Wahrscheinlich weil sie zu dem Zeitpunkt nicht wussten, dass wir Lebensgefährten sind. Sie hätten diskreter sein müssen.«

»Gibt es noch weitere Leute wie mich?« Sie sagte absichtlich nicht *Menschen*, weil es dann so klang, als wäre er keiner. »Leute, die es wissen.«

»Nur wenige Leute, die keine Gestaltwandler sind, besitzen dieses Privileg. Und meistens deshalb, weil sie fürs Leben mit einem verbunden sind.«

Sie legte ihre Hand an ihren Hals. »Also wurde ich durch deinen Biss automatisch zum Mitglied im Klub.«

»Ja und nein. Normalerweise findet eine Paarung auf Lebenszeit nur statt, wenn beide Parteien sich der Situation bewusst und bereit sind.«

»Aber was mich angeht, so hast du mich aus Versehen gebissen.« Sie rümpfte die Nase. »Irgendwie ist das wirklich etwas bescheuert als Grundlage für eine Hochzeit. Was, wenn du die falsche Person beißt?«

»Ich glaube nicht, dass es möglich ist, die falsche Person zu beißen.«

»Das würde bedeuten, dass es bei euch keine Scheidungen gibt.«

»Nicht, wenn es eine echte Paarung auf Lebenszeit ist.«

»Also führen alle, die gebissen wurden, ein glückliches Leben mit ihren Partnern? Das kann gar nicht sein. Ich glaube das nicht.« Sie schüttelte den Kopf. Das ergab keinen Sinn. Liebe. Respekt. All die Dinge, die man benötigte, um eine gute Beziehung zu führen, konnten nicht einfach wie durch Spucke auf einer offenen Wunde geregelt werden. Das war einfach verrückt.

»Du kannst dich ruhig dazu entscheiden, es nicht zu glauben. Das ändert nichts an der Tatsache, dass es so ist. Wir sind miteinander vermählt. Auf Lebenszeit. Für immer.«

Sie sah ihn böse an. »Das ist nicht witzig.«

»Sehe ich so aus, als würde ich mich amüsieren?«

»Aber ich möchte weder mit dir noch mit sonst jemandem vermählt sein. Ich will nur nach Hause. Alleine. Ich verspreche, niemandem von dir und deinen Tanten zu erzählen. Mir würde ja sowieso keiner glauben.«

»Bist du ganz sicher, dass du gehen willst?«

Sie wollte gerade den Mund öffnen, um Ja zu sagen, doch er sah so unglaublich süß und verwegen aus. »Ich bin jedenfalls nicht dazu bereit, mit dir zusammenzuleben, nur weil ihr irgendwelche merkwürdigen Sektenregeln habt.«

Seine Lippen zuckten amüsiert. »Um eine Sekte handelt es sich nun wirklich nicht.«

»Aber ich bin eher eine Person, die ihren Freiraum

braucht. Ich kann nicht ständig mit dir zusammen sein. Und ich bin mir sicher, dass es dir auch so geht. Wahrscheinlich würden wir dann irgendwann versuchen, einander umzubringen.«

»Da stimme ich dir zu. Und deswegen werde ich auch meine Tanten ignorieren. Wenn du möchtest, kannst du in die Wohnung deines Bruders zurückkehren.«

»Kann ich wirklich?«

»Aber nur, wenn du mir versprichst, mit mir zu Abend zu essen.«

»Nur Abendessen?« Diesmal war sie es, die ihn neckte.

»Abendessen, Nachtisch, einen Snack und Frühstück am nächsten Morgen. Ich will alles, kleine Erdnuss, aber ich kann warten. Falls es uns bestimmt ist ...« Er beendete den Satz nicht. Das brauchte er auch gar nicht.

»*Que sera, sera.*« Ein fremdsprachiger Ausdruck, der im Moment perfekt passte.

»Gib mir kurz Zeit, damit ich mich anziehe, und dann fahre ich dich schnell nach Hause.«

Diesen unwiderstehlichen Oberkörper mit einem Polohemd bedecken? Das war wirklich ein Verbrechen. Vielleicht sollte sie ihn schnell noch einmal nehmen, bevor sie aufbrach. Sie setzte sich breitbeinig und mit einer bestimmten Absicht auf ihn und schon allein sein Lächeln reichte, und sie wäre fast zum Höhepunkt gekommen.

»Weitere zehn Minuten spielen auch schon keine Rolle mehr.«

»Nur zehn Minuten?« Er zog eine Augenbraue hoch. »Herausforderung angenommen.«

Und kaum hatte er das gesagt, lag sie auch schon auf dem Rücken, sein Gesicht zwischen ihren Beinen, sein heißer Atem ganz nahe an ihrer empfindlichen Stelle. Sie wand sich und griff nach ihm, hungrig nach mehr.

Und er gab es ihr. Er brachte sie an den Rand der Klippe und hielt sie fest, als sie kam. Genauso gut wie beim letzten Mal. Jedes Mal so gut, und noch besser, es gab kein Unbehagen danach. Er versuchte nicht, ihr auszuweichen. Er lächelte sie an, klopfte ihr auf den Hintern, berührte sie lässig und zog sie für ein paar schnelle Küsse an sich, als sie nach ihren Klamotten suchten, die überall in der Gegend verstreut lagen. Dann zogen sie sich an.

Er machte es ihr schwer, sich daran zu erinnern, warum sie überhaupt gehen wollte. Warum konnte sie nicht an das Märchen glauben? War sie vielleicht endlich dran mit ihrem Happy End?

Ihre aufkeimende Hoffnung starb in dem Moment, als sie Peters verwüstete Wohnung betraten und die Nachricht an der Wand entdeckten.

GEBT ODER ER STERBET.

Kapitel Fünfzehn

Der Anblick der Zerstörung löste etwas in Lawrence aus. Gefahr. Es forderte ihn auf zu handeln. Fast hätte er sich Charlotte über die Schulter geworfen und wäre abgehauen.

Doch mit ein paar tiefen Atemzügen brachte er sich wieder unter Kontrolle.

Gerade so.

Die Gefahr hätte nicht offensichtlicher sein können. Und diese Erkenntnis löste in dem Menschen Dinge aus, die in der Bestie verstärkt wurden.

Seine Gefährtin wurde bedroht. So schien es jedenfalls. Die Botschaft an der Wand war nicht ganz klar.

GEBT ODER ER STERBET.

»Es geht um Peter«, erklärte sie das Offensichtliche und ließ Lawrence die Wahl, wie dieses Gespräch verlaufen sollte.

Ließe er seinem Beschützerinstinkt freien Lauf,

wäre er zu seiner ursprünglichen Idee zurückgekehrt und hätte sie so weit wie möglich von der Gefahr weggebracht, ganz gleich, was sie darüber dachte. Er konnte sich nicht vorstellen, dass das gutgehen würde. Er konnte bereits seine Tanten hören, die ihm sagten, dass eine Frau keinen Mann brauchte, um sie zu retten.

Also erwiderte er nichts weiter als: »Ja.«

»Ich frage mich, was es bedeuten soll.« Sie beugte sich vor, den Kopf zur Seite geneigt, als würde das dabei helfen, die Intention hinter den Worten zu entziffern, die anscheinend mit Senf an die Wand geschrieben worden waren.

»Wenn sie sagen *Gebet* ... Weißt du, was sie damit meinen?«

Sie zog die Nase kraus. »Es ist ziemlich vage.«

»Ja, aber ein paar Anhaltspunkte haben wir. Ganz offensichtlich handelt es sich um etwas Greifbares, sonst hätten sie die Wohnung nicht durchsuchen müssen.« Mit der Hand gestikulierte er in Richtung all der Zerstörung. Die Kissen waren aufgerissen. Schubladen herausgezogen und ausgekippt. Auch die Schränke waren durchwühlt worden.

»Und egal wonach sie gesucht haben, sie haben es nicht gefunden, denn warum hätten sie sonst eine Nachricht hinterlassen sollen?« Sie tippte sich auf die Unterlippe. »Das muss etwas mit der Entführung zu tun haben.«

»Vielleicht. Oder es gibt mehr als nur einen Beteiligten, der etwas sucht. Hat dein Bruder irgendeinen

Ort, an dem er sonst etwas untergebracht haben könnte? Ein Schließfach? Einen Lagerraum?«

Sie schüttelte den Kopf. »Nicht dass ich wüsste.«

»Meiner Erfahrung nach behalten die meisten Leute ihre Wertsachen ganz in der Nähe, für den Fall, dass sie fliehen müssen. Vielleicht ein Geheimfach in einem Möbelstück oder ein loses Brett im Boden.«

»So was ist mir nicht aufgefallen.«

»Wir müssen nachsehen und uns versichern.«

»Willst du damit etwa andeuten, wir sollten jeden Meter des Bodens, der Wände und der Möbel absuchen? Das dauert doch eine Ewigkeit.«

»Ich habe ein ziemliches Talent dafür, versteckte Dinge zu finden.« Er machte die Tür hinter ihnen zu und sperrte sie ab.

»Dafür ist es jetzt ein bisschen spät, meinst du nicht?«, stellte sie fest und trat wütend gegen einen Haufen Klamotten, schrak dann aber zurück, als ihr der Gestank von Urin in die Nase stieg.

Wenn er seine menschliche Form hatte, roch es auch für ihn schlecht. Doch als Katze fand er alle Arten von Gerüchen ausgesprochen faszinierend.

»Was tust du da?«, fragte sie, als er an seinem Hemd herumzufummeln begann.

»Ich verwandle mich in einen Liger.«

»Halb Löwe, halb Tiger«, murmelte sie. »Ich wusste bisher noch nicht einmal, dass es so was gibt.«

»Es kommt nicht besonders häufig vor. Die Angehörigen der meisten Arten bleiben unter sich. Aber manchmal passiert es, dass zwei Leute, die es nicht tun sollten, sich trotzdem ineinander verlieben.«

»Wie zum Beispiel deine Eltern.«

»Ja.« Er konnte ihr nicht in die Augen sehen, während er sich weiter auszog und ihr die Kurzfassung erzählte. »Sie sind gestorben, als ich noch klein war. Bei einem Autounfall. Ein betrunkener Fahrer, dem zuvor schon zweimal der Führerschein abgenommen worden war.«

»Das ist so unglaublich traurig.« Sie sagte die Worte leise und Tränen standen in ihren Augen.

»Ich erinnere mich nicht an viel. Gäbe es keine Fotos, würde ich nicht mal wissen, wie sie aussahen.« Er zuckte mit den Achseln und spürte, wie ihm die Tränen kamen, und zwar zum ersten Mal seit langer, langer Zeit. Er sprach normalerweise nicht darüber, wie er seine Eltern verloren hatte. »Als die Familie meiner Mutter sich weigerte, nahmen die Tanten mich bei sich auf. Meine Mutter war enterbt worden wegen dieser Hochzeit mit gemischten Rassen und so.«

»Das ist schrecklich.«

»Das Beste, was mir hätte passieren können. Meine Tanten haben sich wirklich fantastisch um mich gekümmert.« Und um den betrunkenen Fahrer hatten sie sich ebenfalls gekümmert.

»Sie lieben dich.«

»Und kannst du es ihnen verdenken? Schließlich bin ich hinreißend.« Er zwinkerte ihr zu und versuchte, sie mit seiner Arroganz zum Lachen zu bringen, um die Stimmung ein wenig aufzulockern. Charlotte hatte irgendetwas an sich, das ihn dazu brachte, sich ihr in einer Weise zu öffnen, bei der er Gefahr lief, verletzt zu werden.

»Ich habe nur noch Peter. Und ich bin mir sicher, dass er auch nur noch mich hat. Und jetzt, da er verschwunden ist, bin ich anscheinend ganz allein.« Sie ließ ihre Schultern sinken.

»Wir werden deinen Bruder finden.«

»Das hoffe ich. Hauptsächlich deswegen, damit ich ihn erwürgen kann, weil er mir solche Angst gemacht hat.« Sie rieb sich die Augen. »Und wenn ich ihn dann ordentlich durchgeschüttelt habe, packe ich ihn in Watte und sperre ihn irgendwo ein, damit er mich nicht mehr so nerven kann.«

»Wenigstens möchtest du ihn beschützen. Meinen Tanten macht es Spaß, mich in Gefahr zu bringen, nur damit sie mich retten können.« Er verzog das Gesicht.

Sie schenkte ihm ein kleines Lächeln. »Und dann reiben sie es dir unter die Nase.«

»Ständig«, bestätigte er genervt. »Ich meine, sie haben mir sogar einen Chip einsetzen lassen, nur damit sie mich jederzeit finden können.«

»Aber als wir in der Hütte gestrandet waren, war das ziemlich praktisch.«

»Mir wäre es lieber gewesen, sie hätten uns in Ruhe gelassen. Ich wäre gern allein mit dir gewesen.« Er zwinkerte ihr zu. »Ich weiß ja nicht, wie es dir geht, aber diese Wohnung ist schrecklich. Was hältst du davon, wenn wir finden, wonach wir suchen, und dann von hier verschwinden?«

»Ich weiß einfach nicht, wie wir es finden sollen.«

»Das ist ganz einfach. Mein besserer Geruchssinn wird mir dabei helfen, Verstecke aufzuspüren.«

»Hast du etwa vor, dich in dieser Wohnung in eine riesige Katze zu verwandeln?«

»Betrachte mich einfach als eine etwas größere Maine-Coon-Katze.«

»Du bist sogar größer als ich.«

»Das stimmt, aber versuche bitte trotzdem nicht, mich zu reiten. Schließlich bin ich kein Pferd.«

»Du könntest mir wahrscheinlich sowieso den Kopf abbeißen.«

»Aber das werde ich nicht. Und wenn du dir dessen ganz sicher sein möchtest, kraule mich hinter den Ohren. Das mag ich besonders.«

»Äh. Okay?«

Er zog sie an sich und küsste sie erneut. Und dann noch mal und noch mal, bis sie lachte. »Hör schon auf. Na gut. Ich werde dich hinter den Ohren kraulen.«

»Und am Bauch?«

»Jedenfalls werde ich keinen Sex mit dir als Tier haben.«

»Kleine Erdnuss! Schon allein die Idee ist falsch.« Er zwinkerte ihr zu und zum Klang ihres Kicherns verwandelte er sich. Die Euphorie der Verwandlung grenzte an Schmerz, aber angesichts des Resultats begrüßte er es. Als sein Liger war er groß, stark und schnell. Und gut aussehend.

Er schlug mit vier Pfoten auf den Boden auf und stieß seiner Gefährtin mit dem Kopf gegen die Hand.

Es dauerte einen Moment, bis sie zaghaft mit den Fingern das Fell auf seinem Kopf streichelte. Am besten gewöhnte sie sich schnell an diese Seite von ihm.

Positiv war, dass sie nicht schrie, doch sie war von Furcht erfüllt. Ein Schritt nach dem anderen. Das war alles sehr neu für sie und nicht etwas, das er forcieren konnte. Sie musste ihn zu ihren Bedingungen und in ihrem eigenen Tempo akzeptieren.

»Du bist so weich.«

Er nickte mit dem Kopf.

»Und du stinkst gar nicht.«

Er schnaufte.

»Riesig bist du auch. Bist du dir sicher, dass ich nicht auf dir reiten kann?«, scherzte sie.

Die einzige Art zu reiten, die ihm gefiel, war die, wo sie nackt auf ihm saß. Das würde an diesem zerrütteten Ort nicht passieren. Er musste herausfinden, ob hier irgendetwas versteckt war, und sie dann von hier wegbringen.

Er entfernte sich von Charlotte und holte tief Luft. Er atmete durch die Nase ein und aus, und seine Nasenlöcher weiteten sich, als er die Gerüche untersuchte. Am schärfsten war der Urin.

Die Pisse spaltete sich in zwei verschiedene Gerüche. Zwei Personen waren in der Wohnung gewesen und hatten alles angefasst. Sie hatten gründliche Arbeit geleistet. Hatten nichts unangetastet gelassen.

Lawrence machte einen Rundgang durch den Wohnbereich und die Küche. Dort entdeckte er lediglich ein winziges Fenster. Es gab keine einfache Fluchtmöglichkeit außer der Tür zum Flur. Er wanderte in das Schlafzimmer, das ebenfalls brutal auseinandergenommen worden war.

Aus den Rissen in der Matratze stachen Federn hervor. Die Kissen und ihre Schaumstofffüllung bedeckten den Boden. Alles aus dem Schrank war auf den Boden geworfen worden und alles an der Wand war heruntergerissen worden. Sogar ein Regal war aus seinen Halterungen gezerrt worden. Der ganze Raum war durchwühlt worden und die Gerüche waren vielfältig, wobei der Geruch seiner kleinen Erdnuss am stärksten war. Sie hatte monatelang hier gelebt, das heißt, sie hatte den Raum am stärksten geprägt. Der nächststärkste Geruch gehörte den Eindringlingen.

Es gab einen schwachen vierten Geruch. Nur hier. Nur ein einziger Fleck.

Sein Blick schweifte nach oben zur Decke zu dem sich träge drehenden Ventilator. Er betätigte einen Schalter und die Rotorblätter wurden langsamer.

»Glaubst du, er hat etwas in der Decke versteckt?«, fragte sie und reckte den Hals, um nach oben zu blicken.

Er stand auf dem Bett, die Art von Kapitänsbett, das über Schubladen verfügte, die herausgerissen und auf den Kopf gestellt worden waren. Die Matratze lag auch nicht richtig drin, aber das Sperrholz des Bettgestells blieb fest und gab ihm eine stabile Standfläche. Er würde sie brauchen, da die Decke in diesem Raum mindestens drei Meter hoch war. Da er für das nächste

Stück Hände brauchte, verwandelte er sich, als Charlotte näher kam und ihre Augen fast auf gleicher Höhe mit seinem Schwanz hatte.

Er versteifte sich. Im wahrsten Sinne des Wortes.

Sie keuchte. War erregt. Mit einem Rehblick sah sie ihn durch teilweise gesenkte Wimpern hindurch an. Ihre Mundwinkel verzogen sich zu einem Lächeln. »Jetzt ist dafür wirklich nicht der richtige Zeitpunkt, findest du nicht auch?«

»Wenn du in der Nähe bist, habe ich mich einfach nicht im Griff.« Das war die Wahrheit.

»Dito«, lautete ihre Antwort. Es war weder die romantischste noch die verführerischste Antwort, trotzdem wurde sein Schwanz noch härter.

»Es ist immer noch nicht der richtige Zeitpunkt oder der richtige Ort«, schalt sie ihn.

»Wenn du aus dem Weg gehen würdest, könnte ich es besser kontrollieren.« Das war nichts, mit dem er vorher schon mal zu kämpfen gehabt hatte. Und nur ein weiterer Punkt, in dem Charlotte sich von allen anderen unterschied.

»Aber es wäre nicht halb so witzig.« Sie blies heftig gegen seinen Schwanz und er legte den Kopf in den Nacken und widerstand der Versuchung, über sie herzufallen.

»Du machst mich wirklich fertig, kleine Erdnuss.«

»Reiß dich mal zusammen, Knurri.«

Er stöhnte. Der Kosename erinnerte ihn an seine Tanten und hatte die gleiche Wirkung wie eine kalte Dusche. »Du weißt wirklich, wie man es einem verdirbt.« Er griff nach den Rotorblättern des Ventilators und hielt sie an. Zwei winzige Schrauben hielten das Gehäuse an seinem Platz. Der Geruch gehörte zu jemandem, den er nie kennengelernt hatte, und doch gab es einen Hauch von Vertrautheit, was denjenigen mit ziemlicher Sicherheit zum Bruder seiner kleinen Erdnuss machte.

Er sah sich nach etwas um, um die Schrauben zu lösen. Selbst ein Buttermesser hätte funktioniert. Dann fiel ihm ein, dass er keine Zeit hatte, behutsam vorzugehen.

Er griff nach den Rotorblättern und brach sie zuerst einmal ab, dann hatte er einen guten Griff um die Metallhülle, mit der der Deckenventilator abgedeckt war. Er zog ein paarmal fest daran, sodass die Schrauben sich lösten, als er am Gehäuse drehte.

In dem Moment, in dem es sich löste, fiel ein kleiner Beutel herunter.

Charlotte griff danach und schüttete den Inhalt in ihre Hand. Sie runzelte die Stirn. »Ein Schlüssel.«

Das Problem war nur, sie hatten kein passendes Schloss dazu.

Kapitel Sechzehn

Was würde der Schlüssel öffnen? Diese Frage plagte sie, während Lawrence sich anzog. Immer wieder dachte sie darüber nach, als sie die Wohnung verließen. Sie hatte jedenfalls nicht die geringste Ahnung; allerdings hätte sie gewettet, dass die Person, die die Nachricht hinterlassen hatte, es wüsste. Besaß sie jetzt, was die anderen wollten?

Wenn das der Fall war, gab es nur eine Sache zu tun.

Als sie ins Treppenhaus traten, sagte sie: »Ich werde ihnen den Schlüssel im Austausch gegen Peter geben.« Und warum auch nicht? Schließlich war es ihr völlig egal, wozu der Schlüssel diente.

Sie war eigentlich davon ausgegangen, dass Lawrence darüber mit ihr diskutieren würde. Dass er ihr sagen würde, es wäre zu gefährlich. Dann hätte sie dagegengehalten, dass sie keine Wahl hätte, woraufhin er ihr angeboten hätte, an ihrer Stelle zu gehen. Sie hätte ein wenig protestiert und dann angenommen.

Nur dass er sich nicht verhielt, wie sie es erwartet hatte. Anstatt wieder mal den viel zu beschützerischen Macho rauszukehren, fand er es anscheinend gut, dass sie vorhatte, den Austausch durchzuführen. »Ein fantastischer Plan.«

»Ist er das wirklich?«, begann sie, gegen sich selbst zu argumentieren, während sie die Treppe ins Erdgeschoss hinuntergingen. »Wie soll ich denn einen Austausch vornehmen, wenn ich noch nicht mal weiß, wo ich die Verantwortlichen treffen kann?«

»Wir müssen darauf warten, dass sie erneut etwas unternehmen«, lautete Lawrence' Antwort.

»Was, wenn ich nicht warten will?«, grummelte sie.

»Mach dir keine Sorgen, kleine Erdnuss. Ich bezweifle, dass es lange dauern wird.« Er hielt ihr die Tür zum Bürgersteig auf.

Erst als die beiden Männer mit Lederjacke und Sonnenbrille aus der Gasse neben ihrer Wohnung traten, verstand sie.

»Uns wurde aufgelauert.« Sie sah ihn wütend an. »Und du hast es gewusst.«

»Nicht ganz. Ich habe nur den Geruch in der Gasse als den gleichen oben in der Wohnung wiedererkannt. Und jetzt mach das, was ich mache«, befahl Lawrence, »und bleib in meiner Nähe.«

Wären die Pistolen nicht gewesen, hätte sie vielleicht protestiert.

»Halt!«, befahl einer der bewaffneten Verbrecher.

»Habt ihr gefunden?«, fragte der andere mit starkem Akzent.

Lawrence verschränkte die Arme. »Bevor wir verhandeln, wo ist ihr Bruder?«

»Gib mir.« Er streckte ungeduldig eine Hand in Lawrence' Richtung und wackelte auffordernd mit den Fingern.

Als würden sie ihnen einfach so ihr Druckmittel überreichen.

Sie spähte um seinen breiten Körper herum. »Wenn ihr ihn haben wollt, bringt mir Peter.«

Der Mann hatte eine Lücke zwischen den Zähnen, die groß genug war, um etwas zu essen hindurchschieben, wenn er lächelte. »Dann holen wir uns.« Er wackelte fordernd mit der Waffe.

»Kommt gar nicht infrage.« Lawrence bewegte sich schnell. Seine Hände gingen in verschiedene Richtungen, jedoch mit dem gleichen Ziel, nämlich die Verbrecher zu schnappen und ihre Köpfe zusammenzuschlagen. Sie stöhnten und hielten sich die Köpfe. Lawrence tastete den Kleineren ab und warf ihr einen Schlüsselbund zu. »Versuch, den Wagen zu finden.«

»Warum? Willst du ihn stehlen?«, fragte sie, als sie auf den Schlüssel drückte und dafür sorgte, dass einige Lichter in der Nähe aufleuchteten.

»Ich will ihn mir nur borgen.«

»Soll ich ihn schon mal anlassen?«

»Ja, aber vorher solltest du nachsehen, ob du den Kofferraum öffnen kannst.«

Sie schaute auf den Schlüsselanhänger und drückte auf den Knopf mit dem entsprechenden Symbol. Einen Augenblick später waren die Angreifer hämmernd und wütend im Kofferraum verstaut.

»Können sie nicht einfach den Kofferraum von innen öffnen, um zu entkommen?«, fragte sie, weil sie an der Uni das Sicherheitsvideo für genau diesen Fall gesehen hatte.

»Ich habe den Mechanismus verbogen.«

»Oh.« Sie starrte auf den Kofferraum. »Und was jetzt? Brauchen wir sie nicht, damit sie uns zu Peter führen?«

»Das bezweifle ich. Dieser Wagen hat GPS.«

»Und du glaubst, ihr Unterschlupf ist auf dem Navi als Heimatposition eingespeichert?« Sie schnaubte. »So dumm können die doch gar nicht sein.« Sie ließ sich in den Beifahrersitz gleiten.

Er spielte so lange an dem Navigationsgerät herum, bis die Sprache von Russisch auf Englisch umgestellt war. Jetzt konnten sie immerhin lesen, was auf den verschiedenen Schaltflächen stand. »Finden wir es heraus.« Er durchsuchte die Liste der letzten Adressen, gab sie in sein Handy ein und suchte sie im Browser. So konnte er direkt einige ausschließen. »Restaurant. Geschäft. Noch ein Geschäft. Ein Wohngebäude. Wo man wahrscheinlich keine Geisel gefangen hält. Aber das hier«, er tippte auf eine

Adresse, »ist ein Haus außerhalb der Stadt. Sehen wir es uns mal an.«

Doch während der Fahrt wurde sie nervös. »Vielleicht sollten wir jetzt doch die Polizei rufen.«

»Das ist keine gute Idee. Wenn die Beamten auftauchen und sich einmischen, könnte dein Bruder im Kreuzfeuer verletzt werden.«

Sie kaute an ihrer Unterlippe. »Glaubst du, dass sie den Schlüssel tatsächlich gegen Peter eintauschen werden?«

»Ja.«

Sie seufzte erleichtert auf.

»Und nachdem sie ihn haben, werden sie euch wahrscheinlich beide töten.«

»Was?«

Er bedachte sie mit einem verächtlichen Schnauben. »Du glaubst doch nicht im Ernst, dass sie euch einfach so davonkommen lassen, nach allem, was ihr herausgefunden habt.«

»Was ist nur aus der guten alten Verbrecherehre geworden?«, grummelte sie.

»Die ist nicht so weit ausgeprägt, wie du vielleicht denken magst. Aber mach dir keine Sorgen, kleine Erdnuss. Ich habe einen Plan.«

»Bei dem wir nicht sterben?« Denn mittlerweile wünschte sie sich wirklich sehr, länger und stärker darüber nachgedacht zu haben.

»Hast du schon vergessen, was ich bin?«

»Nein, aber wie soll es uns helfen, dass du eine riesige Großkatze bist? Willst du sie mit deinen

Künsten im Mäusejagen beeindrucken? Willst du vielleicht mit etwas Garn ein Fadenspiel spielen?«

»Du wirst es bald herausfinden, kleine Erdnuss.«

Das GPS brachte sie in ein Viertel, das ein weitläufiges Durcheinander von Straßen war, die sich um verschiedene Anwesen schlängelten. Fast fünf Kilometer vor dem Ziel hielt er den Wagen an.

»Was machst du da?«

»Jetzt bist du mit Fahren dran.«

»Ich?« Das würde bedeuten, dass sie ihre Hände, die sie vor Besorgnis rang, aus ihrem Schoß nehmen musste.

»Ja, du. Du musst den restlichen Weg fahren.«

»Und was ist mit dir? Was wirst du tun?«

»Ich werde ganz in der Nähe sein.«

»Was? Du wirst nicht bei mir sein?«

»Wenn ich mit dir im Wagen bin, funktioniert mein Plan nicht. Während du sie ablenkst, schleiche ich mich von hinten an und biete dir Verstärkung.«

Plötzlich hatte sie solche Angst, dass sie kaum atmen konnte. »Vielleicht ist das doch keine so gute Idee.«

Er hob mit dem Finger ihr Kinn. »Wenn du nicht mitmachen möchtest, kannst du hier im Wagen bleiben und ich ziehe alleine los.«

Er gab ihr einen Ausweg. Bot ihr Sicherheit an. Sie wollte es annehmen, aber wie konnte sie von ihm verlangen, das ganze Risiko zu tragen?

Mit einem tiefen Atemzug lehnte sie also ab. »Ich

kann dir helfen.« Selbst wenn sie sie nur mit ihrer Furcht und Unzulänglichkeit ablenken konnte.

»Bist du dir sicher?«, fragte er leise und strich mit seinem Daumen über ihren Mund.

»Peter ist meine Verantwortung, nicht deine.«

Er gab ihr einen Kuss auf die Lippen. »Meine mutige, wunderschöne kleine Erdnuss. Wir sehen uns drin.«

Sie wünschte sich nur, dass sie sein Selbstvertrauen hätte. Als er aus dem Wagen ausstieg, rutschte sie hinter das Lenkrad und musste dann erstmal den Sitz verstellen. Als sie über das Lenkrad sehen konnte, stand ein Liger vor ihrem Fenster. Er schnupperte an der Scheibe und zwinkerte, bevor er sich in die Nacht verabschiedete. Er war irgendwie süß, obwohl er riesengroß war.

Als sie den Gang einlegte, gingen ihre Gedanken in die irrwitzigsten Richtungen und sie fragte sich, ob er sich jedes Jahr wie ein normales Haustier impfen lassen müsste. Brauchte er Floh- und Zeckenschutz? Was aß er? Was war mit dem Klo? Gab es in seinem Zuhause ein Katzenklo?

Würde sie es jemals herausfinden?

Doch zuerst mussten sie den bevorstehenden Austausch überleben.

Als sie sich dem Tor näherte, umklammerte sie das Lenkrad so fest, dass ihre Knöchel weiß hervortraten. Etwas an ihrer Sonnenblende blinkte rot und das Portal erwiderte das Signal. Die Gitter öffneten sich und sie fuhr mit dem Wagen durch.

Nun, das war einfacher als erwartet. Sie folgte einer langen, kurvenreichen Auffahrt, an deren Ende ein Haus lag. Oder besser gesagt ein Schloss. Was auch immer es war, es nahm viel Platz in Anspruch.

Sie parkte vor ein paar Stufen. Als sie das riesige Eingangstor erreichte, klopfte sie an, stellte sich davor und tat ihr Bestes, um nicht zu zittern.

Als die Türen sich öffneten, wäre sie fast durchgedreht, und sie sah sich zwei Wachen gegenüber, die Gewehre in der Hand hielten. Der Kurze mit dem dicken Schnurrbart bellte sie auf Russisch an.

Statt zu antworten, hob sie die Hände. Trotzdem blieben die Mündungen der Waffen auf sie gerichtet.

Es wurde noch mehr geschrien, obwohl sie kaum ein Wort verstand, und dann klatschte plötzlich jemand in die Hände.

Die Soldaten wurden ruhig und in der darauffolgenden Stille hörte sie eine Frauenstimme. »Was für ein Glückstag. Wir dachten, wir hätten dich im Bauernhaus verloren. Aber jetzt bist du hier. Peters Schwester. Wir haben nach dir gesucht.«

Als sie den Namen ihres Bruders hörte, geriet ihr Herz ins Stolpern. »Mir ist unklar, warum ihr mich finden wollt. Ich bin wohl kaum jemand von Interesse.«

Eine ältere Dame trat in Erscheinung, durchschnittlich groß, vielleicht knapp eins siebzig, mit markanten und dennoch gut aussehenden Gesichtszügen. Ihr zu einem Bob geschnittenes Haar war sehr schick, ebenso wie die Weste aus weißem Fell über einer cremefarbenen Bluse, die in eine gleichfarbige Hose gesteckt war. Ihr roter Lippenstift stach im krassen Kontrast dazu hervor. »Dein Bruder hat etwas, das ich haben will.«

»Und warum bittest du ihn dann nicht darum?«

»Das haben wir versucht; aber leider ist er uns entwischt und wir haben Schwierigkeiten, ihn zu finden.«

»Moment mal, habt ihr ihn etwa nicht in eurer Gewalt?« Sie machte große Augen. »Aber die Nachricht an der Wand ...«

»Das war nur ein Köder, um dich zu uns zu locken. Wollen wir doch mal sehen, ob dein Bruder sich weiterhin versteckt, wenn das Leben seiner Schwester auf dem Spiel steht.«

»Allerdings weiß ich auch nicht, wo er ist.«

»Dann solltest du besser hoffen, dass er dich im Auge behalten hat, sonst wird der ganze Schmerz umsonst gewesen sein.«

Bei dieser Drohung gefror Charlotte das Blut in den Adern. »Wenn ihr mich gehen lasst, kann ich euch sagen, wo ihr den Schlüssel findet.« Sie hoffte, ihnen war nicht klar, dass er sich in ihrer Tasche befand.

»Pah, was bringt uns der Schlüssel, wenn wir nicht wissen, wozu er gehört? Oder hast du vielleicht noch einen Lageplan?«

Sie hätte lügen können. Stattdessen schüttelte sie den Kopf. »Nein, ich weiß nichts.«

»Und genau deshalb brauchen wir deinen Bruder.« Diese perfekt rot geschminkten Lippen verzogen sich zu einem Grinsen. »Für das erste Video, das wir aufnehmen, sorgen wir dafür, dass du keine Wunden im Gesicht hast. Dann ist es beim nächsten Mal umso effektiver, wenn du überall blaue Flecke hast.«

Ihr gefror das Blut in den Adern. Dann wurde ihr plötzlich ganz heiß, als sie ein Brüllen hörte.

Das lenkte die Dame ab. Sie runzelte die Stirn und winkte ihren Männern. »Sieh doch mal nach, was da los ist.«

Also blieb Charlotte allein mit der Frau zurück. Zwar war die Mafiachefin einen guten Kopf größer und wog auch viel mehr, aber Charlotte hatte Mut.

Sie warf sich auf die Dame und zusammen prallten sie hart gegen die Wand. Der Überraschungseffekt hielt jedoch nur kurz an.

»Du kleine ...« Dann folgte ein Wortschwall auf Russisch und die Frau vergrub ihre Finger an Charlottes Hals, während diese versuchte, sich zu befreien.

Es gelang ihr, ohne zu zielen, zuzutreten. Sie wurde allerdings mit einem Kreischen belohnt, als ihr Fuß auf ein sensibles Schienbein traf. Während die Mafiachefin auf einem Bein durch die Gegend hüpfte, sah Charlotte sich um und erblickte eine Vase. Sie war wahrscheinlich alt und unbezahlbar, aber ihr Leben war ihr mehr wert als ein bisschen Porzellan.

Sie schlug die Vase der Frau auf den Kopf. Die Mafiachefin brach zusammen und Charlotte blickte hinunter auf den leblosen Körper.

Oh, verdammt. Hatte sie sie getötet?

»Kleine Erdnuss!« Sie hörte Lawrence' Stimme, kurz bevor sein nackter Körper auf sie traf und er sie in seine Arme hob.

»Ich habe wirklich fest zugeschlagen«, war das Einzige, was sie hervorbrachte.

Er las ihre Gedanken und versicherte ihr dann: »Sie ist nicht tot.«

Sofort löste sich ihre Anspannung. »Oh, gut.« Sie lehnte sich an ihn. »Und das Ganze war völlig umsonst. Sie weiß auch nicht, wo Peter ist. Es war alles nur eine Falle, um mich als Köder benutzen zu können.«

»Als Köder wofür?« Lada erschien plötzlich auf der Bildfläche und die Tatsache, dass sie hier war, war eine Überraschung. Zumindest für Charlotte.

Lawrence benahm sich so, als hätte er schon damit gerechnet. »Lada, was für eine Überraschung. Ist es jetzt schon so weit mit dir gekommen, dass du einem aus dem Hinterhalt auflauerst?«

»Von wegen. Ich bin gekommen, um mich mit meiner Geschäftspartnerin zu treffen.« Sie senkte den Blick zu der Frau auf dem Boden.

»Du kennst sie? Wonach sucht sie? Was will sie von meinem Bruder?« Charlotte konnte ihre Fragen einfach nicht zurückhalten.

»Von deinem Bruder?« Lada machte große Augen. »Er ist derjenige, nach dem wir suchen?«

»Warum?«, fragte Lawrence.

»Das würdest du wohl gern wissen«, lachte Lada verächtlich.

»Du wirst es mir sagen.« Er machte bedrohlich einen Schritt auf sie zu, woraufhin Lada kopfschüttelnd eine Waffe zog.

»Du hättest wirklich besser wählen sollen, Law. Das Ganze wird dir mehr wehtun als mir.«

»Du wirst mich nicht töten.« Er schien sich dessen ausgesprochen sicher.

»Ich brauche sie, nicht dich.«

Lawrence ließ nicht locker. »Willst du wirklich einen Krieg mit meinem Rudel anfangen?«

»Sie werden niemals herausfinden, wer dich getötet hat, denn sie werden deine Leiche nicht finden.«

»Meinst du wirklich?«, meldete sich eine bekannte Stimme zu Wort.

Lawrence seufzte. »Im Ernst, Tante Lena? Ich habe dir doch gesagt, dass ich die Sache im Griff habe.«

»Die Sicherheit des Rudels geht uns alle an.« Lena würdigte ihn kaum eines Blickes, als sie auf Lada zumarschierte. »Lada Medvedev, die Tatsache, dass du einen Untertan von König Arik bedroht hast, ist offiziell vermerkt.«

»Ich kann es erklären«, entgegnete eine jetzt in Panik verfallende Lada.

»Was willst du erklären? Dass du eine hinterhältige Schlampe bist, genau wie deine Mutter?«

Lada ging von der Rechtfertigung zum Spott über. »Was für eine Überraschung, der mächtige Liger Law muss von seinen Tanten gerettet werden.«

»Aber nicht nur von seinen Tanten, sondern auch

von einer entfernten Cousine.« Die Stimme gehörte einer Fremden, einer wunderschönen Frau mit einem verruchten Grinsen, neben der ein gut aussehender Typ ganz in Schwarz gekleidet stand.

»Dean. Natasha«, begrüßte Lawrence die Neuankömmlinge. Er sah zu Charlotte hinüber. »Vielleicht erinnerst du dich an sie. Sie sind diejenigen, die an dem Abend geheiratet haben, als wir uns kennenlernten.«

»Das ist sie also.« Natasha betrachtete sie von oben bis unten. »Sie ist viel kleiner, als ich erwartet hätte.«

Charlotte sagte widerspenstig: »Klein, aber oho.«

»Das scheint tatsächlich so zu sein.« Die Lippen der anderen Frau zuckten amüsiert, doch als sie ihren Blick Lada zuwandte, war ihr Ausdruck alles andere als amüsiert. »Böse Bärin. Spielst du schon wieder Spielchen. Warte, bis mein Vater davon erfährt.«

»Die Medvedevs haben keinen Streit mit der Familie Tigranov.« Lada wirkte jetzt nervös.

»Das stimmt allerdings nicht ganz, nicht wahr?« Natasha, frisiert und rundum perfekt, ging um Lada herum, wobei sie gleichzeitig bedrohlich und trotzdem elegant aussah, als sie murmelte: »Du hast dich mit Lawrence angelegt, der für meinen Ehemann fast wie ein Bruder ist. Wir sind auch ziemlich sicher, dass sein Vater der Nachkomme meines Großonkels war. Also ist sie«, sie zeigte mit einem perfekt manikürten Nagel auf Charlotte, »meine Schwägerin. Indem du die beiden bedroht hast, hast du uns den Krieg erklärt.«

»Mein Bruder weiß nichts davon«, schnaubte Lada.

»Dann läufst du besser schnell heim und erzählst es ihm, kleine Bärin. Sag dem Medvedev-Clan Bescheid, dass es keinen Ort geben wird, an den die Bären gehen und Winterschlaf halten können, den wir nicht finden werden. Keinen Honig, den wir nicht nehmen werden. Keine Höhle, die wir nicht zerstören werden. Von nun an soll der Name Medvedev ausgespuckt anstatt ausgesprochen werden.«

»Das kannst du nicht machen«, rief Lada, die ein wenig panisch erschien. »Ich habe nur nach dem Schatz gesucht. Ich wusste nicht, dass sie mit Lawrence verheiratet ist. Außerdem ist sie ein Mensch. Es ist es nicht wert, wegen eines Menschen in den Krieg zu ziehen.«

Anstatt zu antworten, sagte Natasha: »Ich werde jetzt von zehn herunterzählen. Neun. Acht.« Bei sechs war Lada bereits durch die Tür verschwunden. Bei vier angekommen grinste Natasha. »Also, das war leichter als erwartet.«

Lawrence schnaubte. »Und was ist aus dem Vorhaben geworden, den Ruf der Familie Tigranov als Mafiosi loszuwerden?«

»Meine Frau findet ihren Ruf nützlich, wenn es darum geht, die Dinge schneller voranzutreiben, als es die herkömmlichen Mittel erlauben.« Dean trat näher und betrachtete den leblosen Körper auf dem Boden. »Noch ein Mensch. Genau wie all die Wächter auf dem Anwesen. Was ist hier los? Deine Tanten haben uns am Telefon nicht viel verraten, sondern uns nur die Koordinaten gegeben.«

»Ich hätte wissen müssen, dass sie dich anrufen. Ich habe ihnen gesagt, dass ich keine Hilfe brauche«, grummelte Lawrence.

»Hör auf zu jammern«, erklärte Lena mit erhobenem Zeigefinger, als sie wieder in den Raum kam. »Das Haus ist sauber. Es gibt keine Anzeichen für weitere Menschen.«

»Weil sie meinen Bruder nie in ihrer Gewalt hatten«, rief Charlotte. »Das war alles nur ein Hinterhalt. Sie wollten mich benutzen, um ihn zu erpressen.«

»Und warum brauchen sie ihn?«, wollte Natasha wissen.

Das war eine Frage, deren Antwort noch offen war. Während Charlotte dem besten Freund von Lawrence und seiner Frau besser vorgestellt wurde, kümmerten sich die Tanten um die bewusstlose Dame, die offenbar als *Dame Rouge* bekannt war. Da sie ohnmächtig war, sperrten sie sie zusammen mit ihren Wachen in eine Zelle im Keller ein. Sie planten, sie zu befragen, sobald sie das Bewusstsein wiedererlangte. Falls sie jemals wieder aufwachen würde.

Charlotte hatte sie sehr hart geschlagen.

Es war irgendwie unheimlich, wie heimelig sich Lawrence und die anderen hier zu fühlen schienen. Sie waren losgezogen, um einen Schlüssel gegen ihren Bruder auszutauschen, waren angegriffen worden und tranken nun Wein, während sie sich in dem prunkvollsten Raum der Welt ausruhten. Rote Samtvorhänge und überladenes Mobiliar umsäumt von goldenen Quasten, Blattgold und sogar glänzendem Goldschnickschnack.

Sie schenkte dem Gespräch wenig Aufmerksamkeit. Sie reichte den Schlüssel herum, als würde er plötzlich ein Hologramm mit allen Antworten ausspucken.

Aber das Ganze endete – wie alles seit ihrer Ankunft in Russland – in einer weiteren Sackgasse. Sie hatte immer noch keine Ahnung, wo ihr Bruder war.

Lawrence hob sie plötzlich in seine Arme: »Zeit, ins Bett zu gehen.«

»Okay.« Sie versuchte nicht mal zu protestieren und lehnte ihren Kopf an seine Schulter. »Weck mich auf, wenn wir im Hotel angekommen sind.«

»Scheiß auf das Hotel. Wir bleiben hier«, entgegnete er und sprang die Treppe in den ersten Stock hinauf.

»Hältst du das wirklich für eine gute Idee?«, flüsterte sie. »Was, wenn noch mehr Verbrecher auftauchen?«

»Dann werde ich sie auffressen.«

Sie machte große Augen.

Er lächelte. »Ich mache nur Spaß. Die einzige Person, die ich auffressen möchte, bist du.«

Wobei er sie nicht auffraß, sondern nur leckte, und zwar so richtig.

Kapitel Siebzehn

Sex mit Charlotte an diesem Abend und dann wieder am Morgen zu haben, hatte die Situation nur vorübergehend entschärft.

Schließlich fragte sie: »Wann brechen wir auf?«

Es hatte keinen Sinn zu bleiben. Während der Nacht waren die Menschen, die sie gefangen genommen hatten, irgendwie entkommen. Anscheinend hatte Lada sie, während sie schliefen, gerettet, das bedeutete keine Antworten und ein Vorwand für seine Tanten, der Familie Medvedev den Krieg zu erklären.

Ihre Flucht bedeutete, dass sie auch Peter nicht finden würden.

Und eine Gefährtin, die sich immer noch weigerte, ihn zu akzeptieren. Das einzig Gute daran war ihre Erklärung, dass sie mit Russland fertig wäre.

»Wenn Peter sich einfach nur versteckt, dann kann

er zu mir kommen, wenn er so weit ist«, stellte sie leicht säuerlich fest.

»Und was, wenn er deine Hilfe braucht?«

Sie zuckte mit den Achseln und er wusste, wie weh es ihr tat, als sie das Folgende sagte, aber sie gab es dennoch zu. »Ich denke, es ist mittlerweile kristallklar, dass ich nicht die notwendigen Fähigkeiten habe, um irgendetwas zu tun.«

»Dann werden wir eben jemanden anheuern, der helfen kann.«

»Das kann ich mir nicht leisten.«

»Ich schon.«

Sie starrte ihn an. »Du weißt, dass ich das nicht annehmen kann.«

»Immerhin bist du meine ...«

»Gefährtin. Ja.« Sie seufzte. »Ich will einfach nur noch nach Hause.«

»Wir können heute Abend aufbrechen.«

Sie blinzelte. »Selbst wenn du mir ein Flugticket kaufen würdest, ich habe keinen Pass.« Sie hatte die zerfetzten Überreste ihres Passes gefunden, nachdem die Wohnung verwüstet und durchsucht worden war.

»Das stellt kein Problem dar.« Er würde die Beziehungen des Rudels spielen lassen und dafür sorgen, dass sie nach Amerika zurückkehren konnte.

»Und was, wenn wir dort ankommen? Was dann?«

»Ich hoffe, dass du mir dann die Möglichkeit gibst, dir zu beweisen, dass ich durchaus jemand sein kann, auf den du zählen kannst. Ich möchte dich besser kennenlernen, Charlotte. Ich glaube, dass wir ein großartiges Paar sein könnten.«

Wäre das ein Satz aus einem Film gewesen, hätte die Heldin ihm jetzt ihre ewige Liebe erklärt und sie hätten sich geküsst und wären glücklich bis ans Ende ihrer Tage gewesen. Aber das hier war Charlotte.

»Ich muss darüber nachdenken.«

Er wagte es nicht zu fragen, wie lange sie brauchen würde, um eine Entscheidung zu treffen. Er traf Vorbereitungen und brachte sie mit anderen, die zur Hochzeitsfeier gekommen waren, an Bord des Jets des Rudels. Cousins und Cousinen. Tanten. Noch mehr Tanten. Alle starrten seine kleine Erdnuss an.

Dann ihn.

Dann seine kleine Erdnuss.

Es war Mary-Ellen, die es schließlich laut aussprach. »Ich würde meinen Schokoriegel verwetten, dass sie miteinander Schluss machen, bevor wir in La Guardia ankommen.«

Und damit waren die Wetten eröffnet. Durch den ganzen Tumult hindurch sagte seine kleine Erdnuss gar nichts, doch sie hielt seine Hand und fragte irgendwann mit frechem Flüstern: »Glaubst du, sie werden irgendwann einschlafen, damit wir dem Mile High Club beitreten können?«

»Nein.« Und er verriet ihr nicht, dass alle ihren Kommentar gehört hatten. Eine Privatsphäre gab es im Rudel nicht, Leute, die einem im Weg standen, wenn man Sex haben wollte, allerdings schon. Und sie sorgten dafür, dass der Waschraum ständig besetzt war, sodass das Intimste, was zwischen ihnen geschah, die Tatsache war, dass Charlotte auf seinen Schoß sabberte, als sie ein Nickerchen hielt.

Irgendwann hatten sie den Ozean dann überquert, waren die Familie losgeworden und bei seinem Haus angekommen.

»Ich hatte erwartet, dass du in einem ultramodernen Hochhaus wohnst«, gab sie zu, als sie das renovierte viktorianische Haus betrat.

»Meine Wohnung in der Stadt ist so.« Es handelte sich um seine Junggesellenwohnung, die er jetzt nicht mehr benötigen würde. »Das hier ist mein Landhaus.« Was er auch als seinen Wohnsitz für die Zukunft betrachtete. Er hatte das letzte Jahrzehnt damit verbracht, ihm seinen früheren Glanz wiederzugeben.

Sie fuhr mit der Hand über die hölzerne Balustrade, die er mit eigenen Händen abgestreift, geschliffen und gebeizt hatte. »Dein Haus ist wunderschön.«

»Würde es etwas bringen, wenn ich dir sage, dass du die erste Frau bist, mal abgesehen von meinen Tanten, die ich jemals mit hierhergenommen habe?«

»Und wie lange, bevor du mich wieder wegschickst?« Sie schlug sich eine Hand vor den Mund, als hätte sie nicht vorgehabt, das zu sagen.

»Jetzt schau mich nicht so entsetzt an. Das ist eine durchaus berechtigte Frage. Vor einer Woche, bevor ich dich kennengelernt habe, wäre ich wahrscheinlich davon ausgegangen, dass wir mittlerweile schon miteinander fertig wären. Aber ...« Er zuckte mit den

Achseln. »Wäre es falsch zuzugeben, dass ich genauso überrascht bin wie du, dass ich jeden Morgen aufwache und als Erstes an dich denke und dass du die einzige Person bist, die ich sehen will, wenn ich aufwache?«

Es klang idiotisch, als es aus seinem Mund kam. Es stimmte zwar, war aber immer noch ziemlich entmannend.

Aber das war es trotzdem wert, denn es zauberte ein Lächeln auf ihre Lippen. »Ich wache auch gern neben dir auf, aber wir müssen realistisch bleiben. Wir kennen einander kaum. Was, wenn du mich in ein paar Tagen oder Wochen leid bist?«

»Sollten wir uns nicht lieber fragen, was wir tun, wenn das nicht der Fall ist?« Er zog eine Augenbraue hoch.

»Bitte bleib ernst, Lawrence.«

Er seufzte und steckte die Hände in die Taschen. »Ich verstehe deine Besorgnis. Es ist nicht so, als hätte meine Familie über meinen Ruf Stillschweigen bewahrt, und ich habe ihn mir verdient. Ich werde nicht lügen. Ich möchte, dass du mir glaubst, wenn ich sage, dass du die Richtige für mich bist, aber dass es einige Zeit brauchen wird, um es dir zu beweisen. In der Zwischenzeit, um deine Bedenken zu zerstreuen, solltest du wissen, dass ich bereits mit meinem Anwalt in Kontakt getreten bin. Ich gehe davon aus, dass wir bis morgen die neue Urkunde für das Haus erhalten werden, die dich als Eigentümer ausweist. Außerdem wurde ein Konto in Höhe von einer Million Dollar eingerichtet, auf das nur du Zugriff hast.«

Sie sah ihn mit offenem Mund an. »Warum solltest du so etwas tun?«

»Wie einige meiner Cousins und Cousinen betont haben, befinde ich mich im Moment in einer Machtposition. Du hast nichts. Kein eigenes Haus und keine eigenen Mittel. Damit du das Gefühl hast, dass du wirklich eine Wahl und ein Mitspracherecht hast, musst du in einer Position sein, in der du gehen kannst, wann immer du möchtest.«

»Ich brauche weder dein Geld noch dein Haus, um Nein zu sagen.«

»Das weiß ich, ich gebe sie dir aber trotzdem. Was bedeutet, dass du als die Besitzerin mich jederzeit rausschmeißen kannst.«

»Das würdest du für mich tun?«

»Wir lassen es so schnell oder langsam angehen, wie du möchtest.« Es war seine Tante Lacey gewesen, die ihm diesen Rat gegeben hatte. *Du kannst sie nicht zwingen, Knurri. Sie muss selbst feststellen, dass sie dich liebt.*

Liebe? War sie vielleicht der Grund dafür, dass er sich innerlich so zerrissen fühlte?

»Und was, wenn ich möchte, dass du bleibst?« Die schüchterne Einladung erfüllte ihn mit einer intensiven Wärme.

»Habe ich erwähnt, dass das große Schlafzimmer ein riesiges Doppelbett hat?«

»Was stimmt denn nicht mit der Wand?« Sie

packte ihn am Hemd und stieß ihn rückwärts, während sie sich auf die Zehenspitzen stellte und nach seinem Mund suchte.

Er prallte gegen die Wand, war aber noch nie glücklicher gewesen. Er ließ seine Hände über ihren Körper streichen und freute sich darüber, wie vertraut er ihm war. Es erregte ihn zu wissen, wo er streicheln musste, um sie zum Schreien zu bringen. Er wusste, wie tief und in welchem Winkel er in sie eindringen musste, damit sie ihn fest umklammerte.

Ihr Mund lag heiß und atemlos an seinem. Sie umschlang ihn mit den Beinen wie ein Schraubstock und die Hitze ihres Geschlechts war der Himmel.

Sie schickte ihn in dieser Nacht nicht weg. Auch nicht in der nächsten. Oder in der darauffolgenden Nacht.

In der Tat sprachen sie überhaupt nicht über eine Trennung. Und so kam es zu dem Vorfall mit dem Ordner.

Kapitel Achtzehn

Erst zwei Wochen nach ihrer Ankunft in Amerika landete der Ordner mit einem Knall auf dem Küchentisch, der ihre Kaffeetasse zum Klirren brachte. Charlotte blickte auf und sah Lacey, das Haar auf dem Kopf hochgesteckt, einen entschlossenen Ausdruck auf dem Gesicht.

»Wie bist du hier reingekommen?« Sie wusste genau, dass sie die Alarmanlage eingeschaltet hatte, bevor sie ins Bett gegangen war. Ein Bett, in dem sich Lawrence immer noch rekelte, während sie sich mit einer seiner verrückten Tanten auseinandersetzen musste. Sie hatten die Neigung, einfach vorbeizuschauen und nicht so einfach wieder zu gehen.

»Durch die Vordertür natürlich.«

»Die war abgeschlossen.« Lawrence bestand darauf. Es mochte zwar keine Angriffe mehr gegeben haben, seit sie den Schlüssel gefunden und Russland verlassen hatten, aber er machte sich Sorgen, dass die Gefahr noch nicht vorüber war.

»Tatsächlich?« Lacey heuchelte Unschuld.

Charlotte nahm einen Schluck von ihrem Kaffee. »Jetzt verstehe ich auch, warum die Leute den Katzen Glöckchen umhängen.«

»Und da wir behauptet, wir wären diejenigen, die die Krallen ausfahren.«

Charlotte sah sie böse an. »Vielleicht wäre ich nicht so defensiv, wenn ich nicht ständig das Gefühl hätte, mich in Acht nehmen zu müssen.«

»Wir würden dir doch niemals etwas tun.«

»Lena hat mir einen Rosenbusch im Garten gezeigt und mir versichert, dass sie mich darunter begraben würde, falls ich Lawrence wehtue.«

»Sie testet nur dein Engagement, meine Liebe. Du bist ja wohl nicht davon ausgegangen, dass wir zulassen, dass Lawrence sich in irgendjemanden verliebt, nicht wahr?«

»Ich würde nie etwas tun, um ihm zu schaden.«

»Genau. Deswegen gibt es auch ein paar Dinge, die wir besprechen müssen«, erklärte Lacey, während sie sich einen Stuhl heranzog und den riesigen Ordner zu ihr hinüberschob.

»Was ist das?« Charlotte hatte einen leisen Verdacht angesichts der Herzen und Blumen, die auf den Einband geklebt waren. In einem Ausschnitt ganz in der Mitte befand sich ein Babyfoto von einem pausbäckigen Lawrence und, sieh mal einer an, in einem kleineren Kreis ein Bild von Charlotte, die ihn liebevoll betrachtete.

»Das ist *der* Ordner.« Lacey strahlte und klatschte in die Hände. »Sollen wir anfangen?«

»Womit wollt ihr anfangen?«, fragte Lawrence, als er den Raum betrat, mit nacktem Oberkörper und nichts weiter als einer tief sitzenden Trainingshose bekleidet. Er zog es vor, nackt zu sein, aber da es sie immer noch erröten ließ, wenn er nackt herumlief, ging er einen Kompromiss ein, indem er eine Hose anzog. Sie wurde es nie müde, das V anzusehen, das von seiner Taille aus im Hosenbund verschwand. »Guten Morgen, kleine Erdnuss«, knurrte er und schenkte sich eine Tasse Kaffee ein.

»Morgen.« Sie hob das Gesicht, damit er ihr einen Gutenmorgenkuss verpassen konnte, bevor er sich ihr gegenüber hinsetzte.

Nach zwei Wochen des Zusammenlebens hatten sie bereits ein paar gemeinsame Gewohnheiten. Die erste davon war, dass er jede Nacht bei ihr schlief. Am ersten Abend hatte er ihr angeboten zu gehen, um ihr Freiraum zu lassen.

Sie hatte ihn stattdessen ins Bett geschleppt. Nichts mochte sie mehr, als an ihn geschmiegt aufzuwachen.

Dann kamen ein Quickie unter der Dusche und anschließend Frühstück, bevor er sie an ihrem neuen Arbeitsplatz absetzte. Er hatte ihr geholfen, in einer Marketingagentur, die auf dem Weg zu seinem Büro lag, einen Job zu finden. Wie er jedoch erklärte, konnte er sie zwar jetzt mitnehmen, aber wenn er zur Arbeit aus der Stadt geschickt würde, müsste sie entweder pendeln oder selbst fahren. Er hatte ihr angeboten, ihr seinen schönen roten Sportwagen zu leihen, aber sie hatte ein Auge auf seinen Jeep geworfen.

»Was macht dieses Ding denn hier?«, fragte Lawrence und zeigte auf den Ordner.

»Es ist höchste Zeit, langsam mal die Hochzeit zu planen«, erklärte Lacey in einem »Sei nicht albern«-Tonfall.

Charlotte verschluckte sich an ihrem Kaffee. »Was denn für eine Hochzeit?«

Lawrence klopfte ihr sofort auf den Rücken und sagte in strengem Ton zu seiner Tante: »Ich glaube wirklich nicht, dass das jetzt der richtige Zeitpunkt ist.«

»Warum nicht? Es ist ganz offensichtlich, dass ihr einander liebt. Oder etwa nicht?«

Lawrence sah Charlotte an und lächelte. »Sie weiß, was ich für sie empfinde.«

Und das tat sie wirklich. Er hatte es ihr gestern Abend gesagt. Es hatte damit angefangen, dass sie auf der Couch miteinander gekuschelt und *The Witcher* geschaut hatten. Er knurrte, weil sie vorgab, von den Szenen, in denen der Protagonist kein Hemd trug, begeistert zu sein. Es wurde zu einem Kitzelkampf, der sie nach Luft schnappen ließ.

»Ich gebe auf«, hatte sie schließlich gesagt.

Er war auf ihr erstarrt und sein schwerer Körper erregte sie eher, als dass er sie zerquetschte. Sein

Ausdruck war gleichzeitig intensiv und liebevoll. Und dann war er einfach damit herausgeplatzt. »Ich liebe dich.« Er blinzelte, als wäre er selbst überrascht von dem, was er gesagt hatte.

Sie biss sich auf die Lippe.

Und dann sagte er es noch mal, als wäre es eine Offenbarung. »Verdammte Scheiße, ich liebe dich.«

Was er danach getan hatte, trieb ihr immer noch die Schamesröte ins Gesicht. Er stieß ihren Fuß mit seinem unter dem Tisch an.

»Und damit habt ihr meine Argumentation erhärtet. Es ist an der Zeit«, erklärte Lacey.

»Das ist nicht deine Entscheidung.« Lawrence schüttelte den Kopf.

Aber da Charlotte Lacey wirklich mochte, kam sie zu ihrer Rettung. »Warum brauchen wir überhaupt eine Hochzeit? Ich dachte, Lawrence und ich wären jetzt schon für immer miteinander verbunden.« Und seit letzter Nacht glaubte Charlotte auch langsam daran, dass ihre Beziehung für den Rest ihres Lebens war.

Lacey kniff die Augen zusammen. »Ich warte seit über dreißig Jahren darauf, dass mein Junge häuslich wird. Und jetzt werde ich meine Hochzeit bekommen.«

»*Deine* Hochzeit?« Lawrence zog eine Augenbraue hoch. »Ich würde sagen, ob wir eine Hochzeit haben oder nicht, ist die Entscheidung von Charlotte und mir und sonst niemandem.«

Lacey schob die Unterlippe vor. »Ich will doch nur helfen.«

»Müssen wir wirklich heiraten?« Charlotte rümpfte die Nase. »Das hört sich teuer und aufwendig an.«

Lawrence wollte gerade nicken und zustimmen, als er seine Tante ansah, und sein Ausdruck wurde weicher. Aber nur für eine Sekunde, bevor er wieder erhärtete. Und genau in dieser Sekunde wusste Charlotte, dass er sie immer seiner Tante vorziehen würde. Er würde sich auf ihre Seite schlagen und seiner Tante Lacey das Herz brechen. Und sie wollte nicht der Grund dafür sein.

Also streckte Charlotte die Hand aus, öffnete die erste Seite des Ordners und zeigte auf das Erste, was sie sah. Ein Hochzeitskleid. »Zu viel Spitze.« Sie zeigte auf ein weiteres. »Zu ausladend.« Bei dem dritten Kleid, mit einem quadratisch geschnittenen Ausschnitt am Mieder, legte sie den Kopf zur Seite. »Das gefällt mir oben rum, aber nicht unten.«

Lacey lehnte sich zu ihr. »Hm. Warte, ich zeige dir Seite dreiundneunzig.« Während die Frau blätterte, erhaschte Charlotte Lawrence' Blick über ihren Kopf hinweg.

Er formte mit den Lippen: *Danke*.

Sie zwinkerte ihm zu und erwiderte: *Du schuldest mir was*. Und fügte dann hinzu: *Ich liebe dich*.

Es war das erste Mal, dass sie es sagte, und seine Augen wurden groß. Dann grinste er bis über beide Ohren und sie fürchtete schon, dass er sie aus ihrem

Stuhl heben und wegtragen würde. Stattdessen neigte er sich zu ihr und flüsterte: »Ich erwarte von dir, dass du mir das heute Abend noch mal sagst.«

»Wohin gehst du?«, fragte sie, als Lacey ein Notizbuch herauszog und sich ein paar Notizen machte.

»Ich möchte meinen besten Freund fragen, ob er mein Trauzeuge werden möchte und uns unsere Flitterwochen bucht. Wie wäre es mit einer Kreuzfahrt?«

Sie würde den Urlaub anscheinend brauchen, weil die nächsten zwei Wochen ganz im Zeichen der Hochzeitsplanung standen. Der Veranstaltungsort war gebucht. Es würde ein paar Stunden vor dem nächsten Vollmond geschehen, einer angeblich glückbringenden Zeit des Monats.

Nur wenige Dinge trübten die Traumhochzeit. Erstens gab es noch keine Spur von Peter oder der Frau, die sie zweimal entführt hatte. Auch Lada war untergetaucht. Zweitens stolperte sie über die Tatsache, dass es eine Wette in Bezug auf ihre Hochzeit gab, die unverschämterweise »Der entlaufene Bräutigam« getauft worden war.

An dem Tag, an dem sie es herausfand, nachdem sie das *Lion's Pride Steakhouse* besucht hatte, um Einblick in die Speisekarte zu nehmen, stürmte sie ins Haus und winkte mit einem Bündel Papiere. »Weißt du vielleicht, was das ist?« Sie stürmte aufgebracht hinein und fand Lawrence in seiner Ligergestalt vor, der auf dem Laufband joggte, das im Wohnzimmer aufgestellt war, damit er trainieren konnte, während er die Nachrichten sah.

Die anmutige Katze sprang vom Laufband, nahm sich einen Moment Zeit, um sich zu verwandeln, und lenkte sie mit seinem nackten Körper ab, bevor er antwortete: »Weiß ich, was was ist?«

»Das hier.« Sie wedelte mit den Papieren, die sie ausgedruckt hatte. »Es gibt Wetten darüber, wann du mich vor der Hochzeit sitzen lassen wirst.«

»Was du nicht sagst.«

»Fast alle sind davon überzeugt, dass du kalte Füße bekommst.«

Kaum hatte sie diese Worte ausgesprochen, hielt er sie fest und drückte sie mit dem Rücken gegen die Wand.

»Und was glaubst du, kleine Erdnuss?«

Noch vor ein paar Wochen hätte sie vielleicht an seinen Gefühlen gezweifelt und zugelassen, dass ihre Befürchtungen ihre Entscheidungen beeinflussen. Doch mittlerweile kannte sie den Mann gut.

Sie lächelte. »Ich glaube, dass ich einen Haufen Geld gewinnen werde, denn ich habe darauf gewettet, dass wir mindestens fünfundzwanzig Jahre lang durchhalten.«

»Nur fünfundzwanzig?« Er lehnte sich noch näher zu ihr. »Ich habe auf fünfzig gewettet.«

»Das hast du?« Sie konnte ihre Überraschung nicht verbergen.

»Ich hätte nie gedacht, dass ich die Art von Mann bin, die sich nur mit einer Frau begnügen kann. Und dann habe ich dich gefunden.«

»Ich liebe dich«, flüsterte sie und legte ihm die Hände an die Wangen.

»Ich liebe dich mehr«, antwortete er und küsste sie.

»Hört bloß mit dem Scheiß auf. Hebt es euch für später auf, Leute. In weniger als einer halben Stunde habt ihr eine Unterrichtsstunde in klassischem Tanz«, verkündete Lacey, die hereinschneite und in die Hände klatschte.

»So langsam gefällt mir deine Idee mit dem Glöckchen«, beschwerte er sich grummelnd.

»Nur noch drei Tage«, flüsterte sie.

Nur noch drei Tage, bis sie verheiratet und in den Flitterwochen waren. Ohne die Tanten.

Sie konnte es kaum erwarten.

Kapitel Neunzehn

DAS WARTEN BRACHTE IHN FAST UM. LAWRENCE ging im Kirchenschiff auf und ab. Er war nervös, aber nicht aus dem Grund, wegen dem sich alle über ihn lustig machten.

»Du hast noch ein paar Minuten, um abzuhauen«, spornte Lena ihn an.

Er warf seiner Tante einen düsteren Blick zu. »Ich weiß, worauf du gewettet hast. Glaubst du wirklich, ich würde fünf Minuten vor der Hochzeit abhauen und sie alleine vor dem Altar stehen lassen?«

Lena grinste ohne die geringste Spur von Reue. »So wie es aussieht, legst du es wohl darauf an, mir zu beweisen, dass ich falschliege.«

»Ich tue das Ganze nur für mich und sonst niemanden. Sie ist die Richtige für mich.« Die Frau, die ihn vervollständigte, die seine Lust auf andere Frauen vollständig hatte verschwinden lassen.

»Das freut mich für dich, Kleiner.« Lena küsste ihn auf die Wange.

Dann war Lenore an der Reihe und schließlich Lacey, die ihre Traumhochzeit bekommen hatte, bis auf die Pferdekutsche. Und das auch nur, weil der Schneesturm draußen das zu einem Ding der Unmöglichkeit machte.

Er drückte alle drei Tanten an sich und es schnürte ihm die Kehle zu, als er sagte: »Vielen Dank.« Dafür, dass sie ihn großgezogen hatten. Ihn liebten. Und immer für ihn da sein würden.

Seine harten Tanten taten so, als wäre es Staub, der ihnen die Tränen in die Augen trieb.

»Verdammt noch mal, wann ist hier denn das letzte Mal geputzt worden?« Lena wischte sich eine Träne weg und blickte sich wütend um.

Wie sehr er sie liebte. Er würde ihnen nie genug dafür danken können, dass sie für ihn da waren, als er sie am meisten gebraucht hatte.

Dann kam Dean zu ihm, klopfte ihm auf den Rücken und sagte: »Bist du bereit, deine Zeit als Junggeselle hinter dir zu lassen?«

Er nickte.

»Sollen wir unsere Plätze einnehmen?«

»Ich brauche nur noch eine Minute.«

Dean ging in den Hauptteil der Kirche und ließ ihn alleine zurück. Lawrence blickte auf seine Uhr und dann zur Tür.

Es blieb noch ein wenig Zeit.

Er durfte Charlotte nicht enttäuschen.

Die Tür ging auf und seine große Überraschung traf endlich ein.

Lawrence lächelte. »Das ist aber höchste Zeit, dass du auftauchst.«

Kapitel Zwanzig

Die Tanten trafen erst wenige Minuten vor der Zeremonie ein und fanden Charlotte vor, wie sie in ihrem Kleid herumlief, besorgt, aber nicht wegen der Hochzeit selbst. Die Hochzeit sollte wunderschön werden. Lacey hatte an alles gedacht, vom blauen Strumpfband bis hin zu etwas Altem – dem Schlüssel, der in das Mieder ihres Kleides eingewebt war – und den neuen Ohrringen, die an ihren Ohren baumelten. Die Kirche würde voller Lilien sein. Weißen Lilien. Weil es ihre Lieblingsblumen waren.

Die Kirche war alt und eine merkwürdige Wahl, doch die Tanten bestanden darauf, dass sie der perfekte Ort wäre, und behaupteten, sie wäre vor langer Zeit von Hexen geschändet worden. Da fragte sie sich, was für eine Überraschung sie bei der Zeremonie erleben würden. Blutopfer? Würden am Ende alle jaulen?

Sie hatte keine Ahnung, was sie erwarten würde,

und das zermürbte ihre Nerven. Das wurde auch nicht besser, als ein nicht enden wollender Strom von Gästen eintraf.

Alle möglichen prominenten Persönlichkeiten kamen. Sogar der König der Löwen, der einfach als Mann erschien. Als gut aussehender Mann mit einer hochschwangeren Frau auf der einen Seite und einem kleinen Kind auf der anderen. Er, seine Tanten, seine Cousins, seine Cousins zweiten Grades, ihre Familien, seine Freunde, sie alle waren hier, um zu sehen, wie sie den schwer fassbaren Junggesellen heiratete.

»Es ist fast so weit«, bemerkte Lenore, die angeboten hatte, sie zum Altar zu führen, da sie ihren Bruder nie gefunden hatten.

Plötzlich erfüllte sie Traurigkeit.

Lacey bemerkte es und schüttelte den Kopf. »Oh nein, kommt gar nicht infrage. Du darfst nicht weinen.«

Charlotte schluckte ihre Tränen herunter und bemühte sich um Haltung, als sie plötzlich von drei Leuten umarmt wurde.

»Weine nicht. Ich schwöre, dass er dich heiraten wird«, versprach Lacey.

»Das weiß ich doch«, entgegnete Charlotte schluchzend. »Das ist nicht der Grund, warum ich weine.«

»Sie vermisst ihren Bruder«, erklärte Lena, als wären sie alle zu dumm, um selbst darauf zu kommen.

»Natürlich tut sie das. Es besteht kein Grund, darauf herumzureiten«, fuhr Lenore sie an.

»Wir haben versucht, ihn zu finden, meine Liebe«, fügte Lacey leise hinzu.

»Es ist nur, ich … ich …« Sie wünschte, sie wüsste, dass es ihm gut ging.

Sie umarmten sich fester, um sie ohne Worte wissen zu lassen, dass sie nicht alleine war.

Daraufhin musste sie nur umso stärker weinen, bis Lacey mit Nachdruck erklärte: »Das reicht jetzt mit dem Rumgeheule. Es ist Zeit zu gehen, Leute! Jemand hole mir mein Schminkset, damit ich ihr Make-up richten kann!«

Das geschäftige Treiben brachte sie zum Lachen, als Lacey sich in einen General verwandelte, ihr verschmiertes Make-up in Ordnung brachte, ihr Dekolleté korrigierte und ihr einen Blumenstrauß in die Hände drückte.

Als sie den Vorbereitungsraum verließen und den Saal außerhalb des Kirchenschiffs betraten, begann wie auf Kommando die Musik. Lena umklammerte ihren Strauß, als würde sie ihn auf die erste Person werfen, die die Tatsache erwähnte, dass sie hochhackige Schuhe und ein Kleid anhatte. Sie fegte durch die schwingenden Kirchentüren, während Lacey Anweisungen in letzter Minute gab.

»Denk daran, Kopf hoch, Brust raus und zähle bis zehn, bevor du mir folgst.« Lacey nahm ihren Platz ein, straffte die Schultern, strahlte und schritt durch die Türen.

Charlotte zitterte, ihre Faust feucht um den Blumenstrauß. Vielleicht hätten sie wetten sollen, dass sie davonlaufen würde, denn einen Moment lang dachte sie wirklich darüber nach.

Dann dachte sie an Lawrence. An den Mann, der drinnen wartete.

Das Zittern beruhigte sich, und sie holte tief Luft.

Lenore tätschelte ihre Hand. »Immer mit der Ruhe, Mädchen. Alles wird gut.«

Dann ging die Frau, die sie zum Traualtar führen sollte, durch die Türen und ließ sie allein zurück. Die Wettgemeinschaft hatte sich geirrt. Es war also nicht Lawrence, der heute kalte Füße bekam. Sondern sie. Sie konnte das nicht tun. Nicht allein. Nicht ...

»Was zum Teufel, Kürbisfresser. Da lasse ich dich mal sechs Monate allein und dann komme ich zurück und du heiratest?«

Das konnte nicht sein.

»Peter? Peter!« Sie wirbelte herum und warf sich ihrem Bruder an den Hals. Der einzige Grund, warum sie nicht weinte? Weil sie stinksauer war. »Wo hast du denn gesteckt? Ich habe mir solche Sorgen gemacht.« Sie schlug ihn mit dem Bouquet, ohne sich Gedanken darum zu machen, dass überall Blütenblätter herumflogen.

»Wow, Vorsicht. Ich schwöre, dass ich das nicht mit Absicht gemacht habe. Ich habe mich in der Wildnis verlaufen. Dann war ich eine Zeit lang krank und bin erst vor Kurzem zurückgekehrt.«

»Ich habe nach dir gesucht.« Sie schniefte.

»Ich weiß. Und es tut mir leid, dass du dir Sorgen gemacht hast. Ich muss mich wirklich sehr bei deinem

Verlobten bedanken. Ihm ist es gelungen, mich zu finden.«

»Ich bin froh, dass du hier bist.« Froh, dass er am Leben war. Allerdings würde sie später ein Hühnchen mit Lawrence zu rupfen haben, weil er es vor ihr geheim gehalten hatte. »Ich will alles wissen, was passiert ist. Warum verfolgt die Mafia dich? Und was hat es mit diesem Schlüssel auf sich?«

Er betrachtete den schmiedeeisernen Schlüssel, der in ihr Oberteil eingewebt war, und verzog das Gesicht. »Ich habe wirklich nicht die geringste Ahnung, aber nach allem, was mit mir passiert ist, habe ich auch kein Interesse daran, es herauszufinden.«

»Das verstehe ich nicht.«

»Ich verspreche, dir alles zu erzählen. Aber später. Ich glaube, jetzt gibt es etwas Wichtigeres, um das wir uns zuerst kümmern müssen. Schließlich heiratest du.«

»Das tue ich.« Sie nickte.

»Liebst du ihn?«, fragte Peter, hielt sie dabei an den Händen und sah sie forschend an.

Sie nickte. »Mehr als alles andere auf der Welt.«

»Wenn du dann bereit bist, würde ich dich liebend gern zum Altar führen.«

»Ich bin so froh, dass du da bist.« Sie nahm seinen Arm, als sie durch die Tür gingen. Ihr Lächeln war strahlend, als sie zum Altar schritt, um jetzt wirklich die Frau des Ligers zu werden, der sie liebte.

Epilog

Die Hochzeit verlief reibungslos, obwohl Lena eine Make-up-Reparatur benötigte. Sie heulte während der ganzen Zeremonie.

Noch mehr weinten die alleinstehenden Damen, da ein weiterer infrage kommender Junggeselle vom Markt genommen wurde, was bedeutete, dass mehr als nur ein paar Augen auf Peter gerichtet waren.

Als Charlotte langsam mit ihrem Mann tanzte, flüsterte sie: »Findest du nicht, wir sollten ihn warnen?« Peter hatte keine Ahnung, dass er sich in einem Raum voller Löwen befand.

»Deinem Bruder geht es gut. Mach dir keine Sorgen.«

»Leichter gesagt als getan. Schließlich habe ich ihn über acht Monate lang nicht gesehen.«

»Du kannst ihn während unserer Kreuzfahrt über all seine Abenteuer ausfragen.«

Sie hielt plötzlich inne und starrte Lawrence an. »Moment mal, kommt er auch mit?«

»Wie du schon festgestellt hast, hast du ihn lange nicht mehr gesehen. Ich habe versucht, ihn früher hierherzuschaffen, aber da gab es ein paar Problemchen, die ich erst aus dem Weg räumen musste.« Er hatte nicht übertrieben, als er Charlotte sagte, dass er Zugang zu besseren Fahndungsmethoden hätte, ganz zu schweigen von den Geldern zur Freilassung des Amerikaners, der wegen Diebstahls in einem abgelegenen Gefängnis festgehalten wurde. Offenbar war ein sehr hungriger Peter aus dem Wald gewandert und in eine Bäckerei eingebrochen, um sich etwas zu essen zu beschaffen. »Ich dachte, es wäre nett, wenn du zwischen unseren hervorragendsten Liebesabenteuern die Gelegenheit hättest, dich mit ihm zu unterhalten.«

»Du hast an alles gedacht.«

»Das habe ich wirklich.«

Und so landeten seine Tanten auf einem Flug, der gestrichen wurde, das hieß, sie verpassten den Aufruf zum Besteigen des Schiffes. Und dann, als sie versuchten, ihnen vorauszufliegen, löste er einen weiteren Gefallen ein, sodass sie am Zoll aufgehalten wurden. Als seine Tanten eine Woche später in ihrem letzten Anlaufhafen auf sie trafen, waren sie äußerst missmutig, aber das war es wert gewesen.

Vor allem, als Charlotte auf Lenores Füße kotzte und Lawrence mit einem unglaublichen Grinsen verkündete: »Ratet mal, wer Vater wird?«

Während Lawrence eine ausgesprochen grüne Charlotte wegführte, drängten sich die Tanten um ihr neuestes Familienmitglied.

Peter.

»Wir haben ein paar Fragen an dich«, erklärte Lenore.

»Was diesen Schlüssel angeht.« Lena hielt ihn hoch. Sie hatte ihn sich gegriffen, als Charlotte sich für die Flitterwochen umgezogen hatte. »Warum ist er so wertvoll? In welches Schloss passt er?«

»Ich weiß es nicht«, lautete Peters ziemlich unbefriedigende Antwort. Da Lawrence sie eindringlich darauf hingewiesen hatte, dass sie dem Bruder seiner Gefährtin nichts antun dürften, konnte sie den Jungen weder schütteln noch ohrfeigen. Aber es war verlockend.

Lenas Irritation wurde klar, als sie angespannt fragte: »Was meinst du damit, du weißt es nicht? Deine Schwester wurde von den Leuten entführt, die danach suchen. Verdammt, du selbst bist deswegen für mehrere Monate verschwunden.«

Peter zuckte mit den Achseln. »Ich wünschte, ich könnte euch mehr erzählen, aber als ich mich in diesem Wald in Russland verlaufen habe, ist irgendetwas mit mir passiert.«

»Wie ich hörte, hat Lawrence dich aus dem Knast geholt.«

»Das war ein Missverständnis.«

»Und wie bist du dort gelandet?«

»Ich habe keine Ahnung. Die Ärzte denken, ich habe vielleicht eine Kopfverletzung erlitten, da ich mich an kaum etwas aus den letzten sechs Monaten erinnern kann.«

»Wie praktisch«, bemerkte Lena.

»Zu praktisch«, fügte Lenore hinzu.

Und es ärgerte die neugierigen Katzen besonders, da jede Suche leer ausging. Als Andrei Medvedev dem Löwenrudel die Hand reichte und fragte, wie er den Schaden, den seine Schwester angerichtet hatte, beheben könnte, schickten sie ihre klügste Löwin mit einer einfachen Mission zu ihm.

Herauszufinden, warum der Schlüssel so wertvoll war. Und vor allem, was er öffnete.

HTTP://EVELANGLAIS.COM/WORDPRESS/SERIES/DEUTSCHE-LIONS-PRIDE/

www.ingramcontent.com/pod-product-compliance
Lightning Source LLC
La Vergne TN
LVHW041626060526
838200LV00040B/1454